ヘルダリーンとヘーゲル――学問の自由と自由の思想　＊目次

＊まえがき …… i〜iii

第一章　ヘルダリーンと自由――魂の漂泊者　小磯　仁 …… 1

第一節　出生と家族――詩人への不退転の決意　5
第二節　少年の詩作試行と夢――「マウルブロン清書稿」の成立　10
第三節　シュティフトを終えるも――詩人独立の道に　15
第四節　『ヒュペーリオン』――「生あるものの抹殺の不可能」　22
第五節　後期讃歌の一例――二つの授業あるいは「小さな時間」　34

第二章　ヘーゲルと自由――生の探求者　寄川条路 …… 41

第一節　青年時代の理想――自由の哲学者への決意　44
第二節　宗教への欲求――『キリスト教の精神』　50
第三節　政教一致から政教分離へ――生の弁証法の成立　56
第四節　政治への欲求――『ドイツ国家体制の批判』　60
第五節　哲学への欲求――学問の体系から人間の生へ　70

＊あとがき …… 77

著者紹介　80

＊まえがき

本書は、ブックレット「学問の自由」シリーズの第七弾である。最初に既刊の六冊を紹介しておく。

(1)『大学における〈学問・教育・表現の自由〉を問う』（法律文化社、二〇一八年）
(2)『大学の危機と学問の自由』（法律文化社、二〇一九年）
(3)『大学の自治と学問の自由』（晃洋書房、二〇二〇年）
(4)『表現の自由と学問の自由――日本学術会議問題の背景』（社会評論社、二〇二一年）
(5)『実録・明治学院大学〈授業盗聴〉事件――盗聴される授業、検閲される教科書』（社会評論社、二〇二一年）
(6)『学問の自由と自由の危機――日本学術会議問題と大学問題』（社会評論社、二〇二二年）

第七弾『ヘルダリーンとヘーゲル――学問の自由と自由の思想』は、明治学院大学事件をきっかけにして書かれた二つの論文からなる。

まず、事件を振り返っておく。「明治学院大学事件」とは、大学当局が授業を盗聴して教員らを解雇していた事件である。明治学院大学では、組織を守るために、授業を盗聴したり、教科書を検閲したり、答案用紙を調査したりして、教員や学生を監視していた。大学の盗聴行為を告発した教員が解雇されたため、事件はその後裁判となったが、地裁の判決で教員の解雇は無効となり、高裁で大学が盗聴行為を謝罪して和解が成立し、法律上の争いは終結した。

本書の直接の引き金になったのは、授業を盗聴するという卑劣な行為がキリスト教を標榜する大学で平然と行われていた事実である。この事実に接したときに浮上したのは、およそ二百年前にヘルダリーンとヘーゲルがともに獲得しようとしていた「学問の自由」と「自由の思想」である。ドイツの大学にある神学校で哲学と神学を学んでいた二人は、監視されたり盗聴されたりしながらも、フランス革命に触発されて自由の精神に目覚め、キリスト教に反発しながら、のちに偉大な詩人となり哲学者となっていく。

第一章「ヘルダリーンと自由——魂の漂泊者」は、神学校を卒業したのち、牧師になるのを避けて詩人への道を歩み始めたヘルダリーンの姿を追う。キリスト教教育に厳格な学校では、学生の生活は監視され、部屋の様子を盗み聞きしたり、日常の言動も評価に結びつけたりして、奴隷のような恐怖心が植え付けられていた。刑務所のような圧迫に耐え続けながらも、ヘルダリーンはヘーゲルといっしょに読書を通して自由の思想に触れていく。自由の理念が実際に旧体制を覆すような出来事も起きた。フランス革命である。革命の理念は学生らが希求してきた自由であり、自由の理念がヘルダリーンを詩作へと駆り立てていく。当局により検閲され発禁もありえた事情などを踏まえて、自由の精神を作品に託し公にすることこそ詩人の使命であり文学の革命にほかならなかったことを力強く説く。

第二章「ヘーゲルと自由――生の探求者」は、ヘーゲルの青年時代を中心に、神学校でともに学んだヘルダリーン、シェリングとの共同を追う。フランス革命に賛同し、自由・平等・友愛を唱えていた三人は、革命記念日に「自由の樹」を植え、神学校の保守的な制度に反抗していた。学校側は学生を監視したり、会話を盗聴したりしていたが、三人とも無事に卒業試験に合格して牧師補となった。卒業後は聖職に就くことを拒否してそれぞれ教会から離れていく。その後ヘーゲルはヘルダリーンと再会して、宗教と政治についての論文を書き始め、政教分離の原則や信教の自由を唱える。そしてシェリングを頼って大学教員への道を模索する。宗教や政治へと向かっていた若いころの実践への強い関心は、学問の体系をその内部で完結することへと向かっていき、そこから人間の生へと帰っていく道を探す。

以上のように本書は、前半でヘルダリーンの自由論を中心に、後半でヘーゲルの自由論を中心に、学問の自由と自由の思想を論じる。魂の漂泊者ヘルダリーンと生の探求者ヘーゲルが本書で提示される。

第一章　ヘルダリーンと自由 ——魂の漂白者——

小磯　仁

本件がそもそも原告の授業に発していることから、寄稿依頼を受けたあと、はからずも二十年ほど前、勤務大学の学園誌に公にした一文を想い出した。国立山梨医科大学と山梨大学が合併し、医大は、山梨大の医学部となるのを記念して何か最も大切にしているテーマで是非に、と懇請されて成った小文である。それも、私自身の授業をめぐって。表題も、「小さな時間について」。おそらく大方の期待には添えなかったろうが、どれほど記念になるような主題と言われても、私にはこの一点こそ非力の全てを注いできたかもしれぬ時間であった以上、他の諸点は選択肢にはなかったのである。本拙稿の中心のドイツの詩人も顔を覗かせるので、少し長いが初出のまま再録掲載する。

小さな時間について

梨大でも、創立時から十数年出講した山梨医大でも小さな時間があった。例えば、一時限なら定時の八時半過ぎには始まった。教える者と教わる者らが、週に一度か二度会うだけの時間が。朝あるいは午後、挨拶のあと受講者の名を一人一人呼ぶ。息切らせて駆け込む者、いつまでも空席のままの者の顔が眼前をよぎる。それらの各時間は、初級ドイツ語であれ、専門性の高い原典購読であれ、講義や演習を問わず一回限りの絶対の時間である。二度と帰らぬ、二度と繰り返されることのない時間、自分の持つちからの限界までをそそぎ入れつくす時間、そこで行われる授業とは多分ひとつの極限に近づく対話、もともと乏しいちからのほとんど全てが、対話という一点に向けられてゆく。対話は一方的なおしゃべりではない。それは、教授者と受講者が自身の言葉で現在達している、対象把握のぎりぎりの内容を失敗を怖れずに声を出して発言すること、その発言を全神経を傾けて聴き、最良部分を選び取り自身に刻印していく作業なのだろう。

機器を通過し濾過《ろか》してはこない有りのままの肉声が、有りのままの肉声を喚《よ》びあい、刻みつけるのだ。しかし発声し傾聴しあうだけでは、「聞き取り」学習の自己満足に陥りかねない。国語力を必須の前提とする、言語の源にまで辿りゆく遡及のなかで、その原初の生命《いのち》にも触れ、また現代へと戻り還る絶えざる往還運動も目指されていた。

第一章　ヘルダリーンと自由

ふと気づくと、もう終了の時刻を越えている。「今日はここで終わります」の挨拶とともに下げた頭を再びもとに戻すとき、いつもきまって襲われる軽い目まいは何だったのだろう？　今も襲うあの目まいの震えは？

世間や一部の聴講者らによる「評価」という現代の秤《はかり》に載せられることはない、「評価」され表彰や受賞の対象となることはあり得ない、しかしどれほど軽んじられようと、学ぶ者としての受講者自身の責任も正面から問われる、声を交わし続けた時間がそこに実在したのは本当だ。張りつめた緊張と焦燥、絶望にも似た怒りに、しかしそれだけではない、或るときには喜びにすら包まれていたというのは本当だ。声が、声たちが、「聞き取り」だけではない、言葉の純粋な意味を探《さぐ》りあてようともがきながら手探りしていたのは本当だ。ただ、それらの声を発し、声たちに刻まれたはずの受講者自身が「評価」の名の水準に値する「評価」を、この時間を前にして立ちつくしたまま与えられなかった、それ故誰も「評価」の対象にはしない時間が実在したのは本当だ。

おお、しかし、こんな小さな時間にも、教える者の存在をどこまでも支えきろうとする重力があった。目まいとなって現れるしか表しようがない重力が。

記憶というものがもし在るなら、せめて、おまえ自身が記憶となり、砂粒ほどの時間が滅びてゆく瞬間までは生きていてくれ！　互いにとり交わした言葉のきれぎれの断片となって、機器のみには頼らない肉声の、ついに断片でしかない最も小さなかけらのまま存在してくれ!

そして、蛍の分身のようなひかりを放つかけらのまま、ヘルダリーンの発した『ヒュペーリオン』中の「生あるものの抹殺の不可能」のまま、その最も小さな記憶の呼吸を、息を、宿し続けてくれ![(1)]

ドイツの詩人とは、ゲーテ(Johann Wolfgang von Goethe, 1749-1832)に遅れること約二十年、南ドイツの同郷の先達詩人シラー(Johann Christoph Friedrich von Schiller, 1759-1805)より約十年、かのベートーヴェンと同い年のフリードリヒ・ヘルダリーン(Johann Christian Friedrich Hölderlin, 1770-1843)を指す。それならば、なに故に、彼の小説『ヒュペーリオン』、しかもそこからの「生あるものの抹殺の不可能」なのか。

それに答える前に、この思想を詩人に生ましめた根因を正確に知っておく必要があろう。

第一節　出生と家族——詩人への不退転の決意

ヘルダリーンは、南ドイツ—シュヴァーベン地方を流れるライン河支流ネッカー河畔の小村ラウフェンに生まれ、教会制度の権威的な硬直した正統主義よりも敬虔の念を深め、実生活でもその実践を重視する、この地方一帯に広く根を下ろしていた敬虔主義《ピエティスムス》がまだ色濃く残るドイツ小邦のひとつのヴュルテンベルク公国（現バーデン＝ヴュルテンベルク州）で、将来の牧師就任を当然の支柱に掲げるキリスト教教育を幼少より青年期まで受けつつ成長した。六歳より小・中学相当のラテン語学校入学、十歳でプロテスタント僧院校入学のための最初の国家試験に合格。ピアノとフルートのレッスンは十歳より始めていたが、十二歳より敬虔主義者ケストリーン（Nathanael Köstlin, 1744-1826）らによる個人教授（聖書を中心にヘブライ語、ラテン語、ギリシャ語、弁論術、修辞学等）も受け、特にケストリーンの学識と温厚な包容力に包まれ、敬虔主義な内面領域での忘れ難い印象を残し、敬愛した。十三歳九月、第四次国家試験（最終）に合格。翌一七八四年十四歳でデンケンドルフ初等僧院校へ、二年後一七八六年十六歳でマウルブロン高等僧院校へ、そして一七八八年秋十八歳時、牧師養成では数百年の伝統を持つテュービンゲン大学神学校《シュティフト》に入学できたのだった。以後五年間在学することになる。

ヘルダリーンの生家が、公国―宗教局直属の建物と付属する広大な農園を統括し責任管理する執事職を代々拝命してきた家柄であり、嫡男たる者は公国の行う将来の牧師就任を前提の適性能力選抜試験にその都度合格し、シュティフト終了時の最終資格試験にも合格して宗教局御墨付きの公の身分証明による安定した牧師生活を得る道こそ、ヘルダリーンには生まれおちる時から夙に定められていたコースであった。最初の十歳時の試験からして難しく、大学のシュティフトも選ばれた者のみが入学できたわけだから、充実した個人教授も含め恵まれた家庭の小供だったにせよ、これを可能にしたのは、なによりヘルダリーン自身が周囲の期待に応えられた優秀な生徒だったことは間違いない。

そうではあっても、飛びぬけて感じやすいヘルダリーンに、それもまだ二歳時の一七七二年六月、父ハインリヒ（Heinrich Friedrich Hölderlin, 1736-1772）が卒中で急死（享年三十六歳）、父の死直後に妹ハインリーケ（リーケ）(Maria Eleonora Heinrike (Rike) Breunlin, geb. Hölderlin, 1772-1850) 誕生、二年後再婚した母ヨハンナ（Johanna Christiana Hölderlin, geb. Heyn, 1748-1828）の相手の亡夫の友人ヨハン・ゴック（Johann Christoph Go(c)k, 1748-1779）、つまり詩人の義父も、ニュルティンゲン（ラウフェンの近くの町）市長在職中、町を襲った洪水への熱心な対応が徒となり、翌春一七七九年三月に肺炎で急死（享年三十歳）が続いた。詩人はまだ九歳だったわけだから、幼少期に立て続けに二人の父を喪うというあまりに辛すぎる死の体験を持ったことになる。ゴックには、物心がついてからの父でもあり、実の父のようになついた。

二十三歳で最初の夫を、三十歳を過ぎたばかりで同年の夫を喪った母ヨナンナの悲しみに暮れていたこの時の姿が少年の脳裡に焼きつけられている。母はもう再婚はせず、当初は嘆きの日々だったにせよ、今度はけっして少くはない亡夫からの遺産を堅実に守りつつ、フリッツ（ヘルダリーンの愛称）が公国―宗教局の保証の下に間違いのない道《コース》を行くように、とフリッツに特化した現存もする家計簿をつくり、彼への全ての支出のいちいちを、深まるばかりの期待も手伝って驚くべき綿密さで記入し始めたのであった。基本的に彼女の生存中続くこの支出表の冒頭には、次の言葉が明記されている。「フリッツのための支出、ただし、彼が変わることなく従順のままでいてくれれば差し引かないとする」。「差し引かない」とは、将来の彼への遺産の受け取り分から本支出分を考慮に入れない、の意味である。嫡男への周到な配慮と同時に、この子フリッツへの並々ならぬ期待度が、あからさまままでに表れている(2)。

いま触れたように、個人教授用の支出も怠りなくできたほど遺産にも恵まれていたヘルダリーン家では、二人の父の続けざまの喪失にもかかわらず、母の期待を一身に背負った少年は、入学が容易ではない大学前の二つの初等―高等僧院校を経て念願のシュティフトに入学、五年後には晴れて修了し、牧師資格への公国―宗教局試験も受かった。こうして見るかぎりヘルダリーンは、まさしく画に描いたような神学校生のコースを立派に成就し、普通なら母子共々この新出発を祝福し合う姿が出現しても不思議ではないはずであった。

しかし、ヘルダリーンの場合、その祝いも牧師就任も実現しなかった。重い急病など、予期しない体調不良に因るのではない。ただただ、すでにしかと生じてきていた彼自身の内なる声に従う、というひとつの最も重い精神の言い命じに従ったからである。全存在を賭して自らに下したこの決断が彼の運命にどれほど過酷な困難をもたらしていくか、まだ二十三歳の彼には、むろん母にもその全貌は推し量れるはずもなかったろう。明白なのは、一時的にせよ、公国―宗教局からの猶予を得るほとんど唯一の方法が資産家の師弟の家庭教師《ホーフマイスター》に就くことだけだった理由で、シュティフト在学中彼の詩才を認め、自分の「一七九二年版・詩神年鑑《ムーゼンアルマナハ》」に初めて作品（後述の「自由への讃歌」（第一作）など四篇の詩）を、載せてくれたシュトイドリーン（Gotthold Friedrich Stäudlin, 1758-1796）に相談し、シラーの紹介を得た。シラーの推輓で、マイニンゲン近郊ヴァルタースハウゼンのフォン・カルプ家夫人シャルロッテ（Charlotte Sophie Juliane von Kalb, geb. Marschalk von Ostheim, 1761-1843）がシラーの友人でもあることから、同家の子息を教えるべく、シュティフト修了後直ぐに旅立った。これからは生活費が自力で入るとはいえ、実際には無保証の生活を百も承知の旅立ちだった。母を極力刺激しないよう融和を図りつつ、正確には詩人独立のための第一歩にほかならなかった。やがて大学に定職を得るシュティフトの同級生ヘーゲル（Georg Wilhelm Friedrich Hegel, 1770-1831）も、しばらくはヘルダリーンとほぼ同じ道を辿っていた。

我々はいま、公国により最も安全で保証されたはずの身分証明を拒否し、公国の、実際にはその直属で国内のルター全教会と関係者を大公と共に実質支配できる宗教局の厳命に真っ向から反してまで自分に固有な道を歩み始めたヘルダリーンを、そう在らしめた根因を、それへの素描のあと、もう一度やや詳しく少年期に遡り立ち入ることで探りあてようとする地点にいるだろう。

なぜなら、ゲーテを凌ぐと言われて久しい後期讃歌の詩人は、この時期にこそ、個の自由と独立への思想中核の根の部分が形づくられていた事実が判明しているからにほかならない。したがって、限られた数ではあるが、ドキュメントや作品も挙げながら、やがて『ヒュペーリオン』最終巻でひとつの結晶に行き着くはずの、個の自由獲得が愛の見出しにも連ならざるをえない道筋上で、まだ未熟でもすでに少年に宿り始めた詩的魂の基《もとい》が創られて現代の我々にも開示し続けている地点、神学を放棄し、法学への変更とまでも思いつめもした独りの少年が、呻吟に呻吟を繰り返し洩らし続けていた数えきれない吐息を、しかし、短い自由時間に、未分裂の幼児期にはたしかに自由に呼吸もしていたあの自然に逃れ出て、もう一度神々と戯れる呼吸の恢復を必死に試みようとした場所、冒頭の「授業」の示唆下に、少年の学ぶ場での体験、周辺の環境など有りのままの現場を示したい。

第二節　少年の詩作試行と夢――「マウルブロン清書稿」の成立

一七八四年十月、ヘルダリーンはデンケンドルフ初等僧院校に入学し、初めて生家での母の手厚い庇護を離れ寮生活を開始した。全てが官費で賄われる恵まれた中でも、かつての修道院来特有の因襲がはびこり、規律墨守が一切の前提条件だった。神学関連以外の職には就かないこと、正統主義の信仰告白からの離脱許さず、への署名原則は学校の性格上致し方ないにしても、信じ難いほどの長さを持つ校則は、学習は言うに及ばず、生活のあらゆる面にまで細々《こまごま》と指示がなされており、入学後には院長が見守る中、教授によりその全文が読み上げられるなど、学校だけではなく、この履行度にも目を光らせるヴュルテンベルク公国―宗教局の徹底した監視体制とかたく結ばれていた。

仲間の同級生などで規約違反する者を見つけたときは直ちに報告すべし、を筆頭に禁止事項がずらりと列挙され、該当者には相応の厳罰が、神冒瀆の許されざる非行として情容赦もなく下される、というものであった。シュヴァーベン敬虔派の多大の寄与者ベンゲル（Johann Albrecht Bengel, 1687-1752）が教授の一人として在職し、聖書自体に拠る解義とこれに基づく思弁的・宇宙的視点からの信仰の内面重視、という基本姿勢への畏敬は当時も一応認められたにしても、生活上の実践面では節度ある敬虔に起因する過度の罪意識と、その抑圧からの不安を強いる一面は長く免れ難く残った。早くも人一倍鋭敏にして繊細な感覚を持ち合わせてしまっていた我々の詩人は、こうした環境下でどうだったか。

彼より二歳年上の友人で上級生マーゲナウ（Rudolf Magenau, 1767-1846）は、院長が同じ在学生らの部屋の様子を盗み聞きしたり、突然入室して来て、生徒らのほんの些細な言動も成績順位の評価に結びつけ、十四―五歳の彼らに、奴隷のような言い知れぬ恐怖心を植えつけようとしているのを直接眼にする毎の憤激の不快と、「成績の順位を決めること」が院長にとっては「まさしく黄金の措置だった」、と手記で述べている(3)。

牧師養成を目指す教育が強いる新しい状況下で、ヘルダリーンも怖ろしい圧迫感に耐え続けたが、ただひとつの救いは、この学校を取り巻く自然と、少しずつ創り始めていた詩作である。ラテン語の詩作も授業科目にあり、成績も優秀なことから何よりの自分への励ましともなっただろう。残存する最初期の詩「先生方への感謝」は、いかにも入学直後の十四歳時の心中を偲ばせる型通りの作品だが、続く「夜」では、「隠れ家に富む影たち」「静かな月」に瞬時の安らぎを、「充たされない者」では、ホラーティウスの「形の見えぬ不安」を副題に「険しい生の路を持つ喜びを」「人間から」「無残にも奪い取ろうとする」「運命」への小さな抵抗を歌うなど、同じ心中でも詩人の萌芽が感じられよう。

デンケンドルフ校時の詩はこれらを含め全十篇が、マウルブロン校時の詩は全二十篇（清書稿収載詩は十七篇（注(5)参照））が数えられるので、シュティフト入学までの少年期にはおよそ三十篇の詩が創られていたことになる。マウルブロン校入学時の十六歳頃成立と推定されるスタンザ形式の二二節の長詩「私の家族」第十六節からの詩行を短く掲出しておきたい。

本詩には亡き父、残された母、妹、それに母の再婚後生まれた六歳年下の異父弟カール・ゴック（Carl Christoph Friedrich Go(c)k, 1776-1849）のそれぞれに寄せた万感の祈念が、神への祈念とも化して歌われている点に大きな特長がある。特にネッカー河畔でカールと並び夕陽を眺めた際の一光景は、我々にも忘れ難い。

カール——あの美しい日々
私は　あのとき　お前と　ネッカーの岸辺に座っていた。
私たちは　ただむしょうに嬉しくて　岸辺に波がうち寄せるのを眺め、
砂地を掘って　小川を導いたりもした。
とうとう　私は　眼を上げた。夕映えのなかに
この河は流れていた。或る聖なる感情が
私を貫き　胸が震えた。すると突然　私は　ふざけることが　もうできなかった。

突然　私は　小供の遊びを中止し　厳粛な気持で立ち上がった。(4)

他節での硬い諸点は含みながらも、本第十六節全八詩行から、もはや萌芽ではなく、ヘルダリーン固有なものが先取されると言えるのは、ここには強いられた神への祈りよりも、其処から束の間にせよ解き放たれた少年ヘルダリーンが、一身に感じ取った全一の自然そのものへの至福の喜びが認められるからである。幼少より行くべき道を定められてしまった一人の少年が、異父弟と「眺め」見つめた「夕映え」との出会い、たとえ一瞬の光であれ、この一瞬の光こそなにものにも換え難い、いまだ自分らには与えられてはいない自由にも連なる純粋光に相違ないと直観し、この光と光の贈主にこそ全心身からの祈りを捧げようと思い定めた瞬間だった。「或る聖なる感情」の「聖なる」は、この自由と純粋光の瞬間に直結している。

マウルブロン校にあっても許されるはずはない、しかしヘルダリーンのような精神に宿るのも必定の明と暗を対照させ、両部分のそれぞれへの振幅の激しさに苛まれつつも、その激しさを正視して歌おうとした基本視点が創られてくる。その成長に比例しつつ詩人独立への希いが、著名なクロップシュトック（Friedrich Gottlieb Klopstock, 1724-1803）、シラー、さらに英国の詩人ヤング（Edward Young, 1683-1765）など同時代の詩人達の、時代を巨視的にも把握する詩観の影響下に頭をもたげ始め、もはや自身でも押えきれぬほど高まっていた。この高まりは、詩「月桂冠」、「野心」、

「謙遜」、「魂の不滅」で表わされる。明はさらに、ニュルティンゲンに近い山「テック山」を詩題名に、山頂の中世テック諸公（Herzöge von Teck, 1187-1381/1439）の居城址から全「スウェヴィア」（Suevia）（広義のドイツ）に及ぶ歴史を想起、もう失われたかに見える「公正で質実な道義」が消えてはいないことを往時からの葡萄づくりなどで実感し、下山途中の秋の夕べの「草刈りびと」や「少年」「少女」らの表情までも収めた、同じ頃のプファルツ地方—小旅行での初ライン河体験で得た視界に通底する同質の、いっそう拡げられた明の新たな視界が生じている。

マウルブロン校管理人の娘ルイーゼ・ナスト（Louise Philippine Nast, 1768-1839）は、縁者のイマヌエル・ナスト（Immanuel Gottlieb Nast, 1769-1829）がヘルダリーンの親しい友となったことから知り合い、在校時に交際した。初恋だった。相思相愛の間柄で優しい気立てから、彼の母からも牧師となった息子の伴侶にと受け容れられていた。その将来はしかし、母の期待にもかなう公国—宗教局に公に認知される牧師就任ではなく、まさしくその真反対—対極に位置する詩人独立の自由への道という無保証きわまりない細道であった。十八歳の少年の恋の断念とは、ルイーゼの断念というよりは、まだおのれ自身に巣くう安定志向へのまつわりを、この断念により少しでも払拭しようとする意志表明だっただろう。それほど詩は、ヘルダリーンには不可避の生と化し始めていた。ルイーゼに寄せた二篇の詩「シュテラに」、マウルブロン校最後作「ルイーゼ・ナスト」と手紙には、彼女への偽らざる振幅する心情が、紛れもないひとつの痛みを帯びて歌われ、綴られてもいる(5)。

第三節　シュティフトを終えるも——詩人独立の道に

一七八八年十月、ヘルダリーンはテュービンゲン大学神学校《シュティフト》に入学した。以後五年間学んだシュティフトは、十六世紀以来のヴュルテンベルク公国の牧師養成を主目的にする大学神学部としての学修と研究の場でもあることは言を俟たない。困難な国家試験に合格し、ここでの学修に必要なそれまでの課程を経てきた者のみが入学を許可されることもあり、ケプラー（Johannes Kepler, 1571-1630）、ベンゲルらの先達者と並び、同年のヘーゲル、五歳下ながら一七九〇年より同級になったシェリング（Friedrich Wilhelm Joseph von Schelling, 1775-1854）、メーリケ（Eduard Mörike, 1804-1875）、ハウフ（Wilhelm Hauff, 1802-1827）、シュトラウス（David Friedrich Strauß, 1808-1874）、フィッシャー（Friedrich Theodor Vischer, 1807-1887）ら、牧師以外の分野でも世界文化史上に名を残す逸材を輩出した伝統校であった。公国の行政面担当者養成のカール学院と、上級牧師養成のシュティフトは公国教育の二大支柱と見なされ、わけてもカール・オイゲーン大公（Karl Eugen, Herzog von Württemberg, 1728-1793）が異常なまでに両者に関与する一点で突出していた。

シュティフトの学風だが、さすがに伝統校だけあって前の僧院校とは異なり、神学校の正統主義を掲げつつも啓蒙主義も採り入れ、神学以外の一般教養《リベラルアーツ》やカント（Immanuel Kant, 1724-1804）など同時代思想も古典と並び、むしろ積極的に研究対象とされ、神学校学監《エーフォルス》で東洋学者として著名なシュヌラー（Christian Friedrich Schnurrer, 1742-1822）も、大公や宗教局の意向に反しているのではないかとさえ思われるほどの寛大な裁量で学生の読書に制限を設けなかったのは、ヘルダリーンにはことさら幸いだった。シュティフトの教育上の特色として補習教師《レペテント》制度があり、学寮で生活を共にしながら学生の相談に乗り、時に講義もした。ギリシャ研究ではヘルダリーンに影響を及ぼしたうえ、豊かな人間性で詩人を理解し、長く友であり続けたコンツ（Karl Philipp Conz, 1762-1827）もその一人である。ただ、助手学生《ファルムス》は、シュティフトで無料で学べる代わりに、食堂での給仕や各部屋の暖炉の世話担当はよいとして、学生の日常生活の監視の役割も兼務しているので、マーゲナウは、シュティフトは、まるで刑務所《ツヒトハウス》、愚者収容《トルハウス》の病院《ホスピタール》のようだとも記している[6]。こうした管理上の監視はあっても、大学ならではの融通無碍の雰囲気も相当見られ、本来禁じられているはずの喫煙をヘルダリーンは破り、大の愛煙家となっていったのもこのシュティフトからだった。我々も、なにかようやく息をつける、一齣のエピソードと思いたい。

シュティフト期を通しヘルダリーンの詩人形成に与った要因として、ヴィンケルマン（Johann Joachim Winckelmann, 1717-1768）に始まるギリシャ古典・古代文化の復興、同時代の諸思想が挙げられるが、彼が探し求めていた自由の理念が実際に旧帝体制を覆す出来事の中で生起した。テュービンゲンの隣国フランスでの仏革命である。この時掲げられた自由、人権、友愛の革命理念こそ彼がヘーゲル、シェリングらと必死に希求してきた個の自由に関わる理念であり、この革命がほど近い国の中心地で現実に生じたことに筆舌に尽くし難い衝撃を受け、文字通り魂を揺さぶられる感動を覚えた。彼がこの理念の実現をすぐにとは言わないまでも、小邦分立の旧体制とこれに依拠したキリスト教支配下で窒息状況に置かれ、まもなくナポレオンの侵攻まで許してしまっていたドイツにこそ強く希んだのも、当然すぎるほどの反応だったと言えよう。

この期の自由思想に関しては、プラトンに並び、ヘルダー（Johann Gottfried Herder, 1744-1803）も入るが、やはりルソー（Jean-Jacques Rousseau, 1712-1778）の人間解放を含む革新的な全自然思想の大きな影響を指摘しておく。また当代の思想界を席捲したかの感があるヤコービ（Friedrich Heinrich Jacobi, 1743-1819）の『スピノザ書簡』における神と人間をめぐる問題提起も、そのスピノザ（Baruch de Spinoza, 1632-1677）自身を加え、ヘルダリーンはなによりも人間の自由の視点から捉えていた。さらにヤコービの『ヴォルデマル・友情と愛・断片』、小説『エードゥアルト・アルヴィル文書・断片』、ヒッペル（Theodor Gottlieb von Hippel, 1741-1796）の小説『上昇線に向かう生命への道』など、ヘーゲルとの熱心な読書体験を通しても、同時代の自由をめぐる諸思想への参入は、いっそうの深まりを見せていた。

しかしながら、仏革命の激震の波動も、この波動をあまりに真正面から受けとめすぎた分だけ、すでに仏自体がそうだったように、一七八九年から九九年までの間の、バスティーユ襲撃、人権宣言公布、立憲君主制成立、ルイ十四世処刑、ジャコバン派の恐怖政治、テルミドール反動後の総裁政府、ナポレオンの政権掌握と第一帝政成立、というめまぐるし過ぎるほどの急変に因る信じ難いまでの事態の落差に直面した失望も深かったのである。一七九二年、パリの「九月殺戮」を発端とするジロンド派消滅の危機下に、翌九三年七月十四日の革命記念日には、テュービンゲンに「自由の樹《フライハイツバウム》」を植えてヘーゲル、シェリングらと祝った、という話も真実味を増し、ジロンド派ブリソー (Jacques Pierre Brissot, 1754-1793) 追放とギロチン処刑への、ドイツの地からの激越な抗議も連鎖する。

　私が自著で「美しき誤解」とも命名したことの時の失望は、かえって、ヘルダリーンの自由思想の、自身の文学での実践へ、とさらに駆り立てたであろうことは疑いを容れない[7]。残念ながら消失はしたが、彼の唯一の小説『ヒュペーリオン』の初―起稿は、この時点でこそ最も重い必然のようになされたのであった。

　シュティフト期の詩は、未完成を含めると四十篇ほど創られ、詩対象は個人から一般まで含むが、仏革命の影響をその理念上で継受したような作品が目につく。どうしても理念の強調に走りがちなので、抽象性を増す結果ともなる。自由律に拠る後期讃歌に対し、本初期讃歌は、定型押韻に拠ることも手伝い、絞りやすい主題がちょうど求められていた思想と結び合って、「美」「ミューズ」「愛」「調和」「友情」「不滅」「ギリシャ」や、仏革命を反映した「人類」や「自由」として歌われる。寄せられるべき讃の内容が未だ生かしきれてはいない憾みが認められはするが、未熟と言い切るには対象に一歩でも迫り近づかんとする若々しい詩魂が、定型を揺るがしても余りある詩作姿勢をこそ銘記しておきたい。「自由への讃歌」は二作創られ（一七九〇—九一）、後者に仏革命の自由理念がより強く反映されている。拙著では前作第一節を訳出した(8)ので、同題名第二作より最終第十六節（一二一〜一二八行）を掲げよう。

もう長く　狭苦しい家に押し込められていた、
時来たれば　この手足を、のびのびと伸ばして眠るがいい！—
それでも　私はやはり　希望の盃を味い、
美しい光に触れ　生気が甦ってきた！
おお！　あの雲ひとつない彼方から、
この私の許にも　合図を送ってきてくれる　聖なる目標　自由が！
彼方へと、おまえらと共に赴くときは、王者のような星々よ、
もっと　もっと晴れやかに鳴り響くがいい！　私の奏でる弦の音は(9)

ヘルダリーンの自由思想形成に、それも生身の人間性を通しても影響を与えたシュヴァーベンの二詩人の名を逸するわけにはいかない。一人はシューバルト（Christian Friedrich Daniel Schubart, 1739-1791）、ヴュルテンベルク公国オイゲーン大公と、これに従属し宗教支配を続けてきている堕落した聖職者らを、自ら発行・編集する雑誌「ドイツ年代記《クローニック》」、詩集『永遠のユダヤ人』などで厳しく弾劾した廉で有罪者となり、公国内のアスペルク城の牢屋に一七七七年から一七八七年まで十年も投獄されたが、これに耐えぬいた。出獄後まもなくして訪ねてきたヘルダリーンの自由への高い詩心を認め、全シュヴァーベンに自由を求める言論や詩作品により公国の革新を志す、特に青年シラーを筆頭とする者達への影響は広く強烈だった。

もう一人は、前にも触れたシュトイドリーン、現存こそしないが在学中に起稿していた小説『ヒュペーリオン』の初稿を読み、その言葉自体が表して止まない尋常ならざる詩才に驚きつつ、改稿時にはもっと自由に通じる共和精神を投入するよう助言してくれた。ヘルダリーンは、後年『ヒュペーリオン』の決定稿でこの的確にして親身ある助言を採り入れ、内容への重要な要素に用いて生かしきった。ヘルダリーンはテュービンゲンを去った後しばらくして、詩「ギリシャSt. に」を彼に捧げている。シューバルトの死後シュトイドリーンは、その雑誌「ドイツ年代記」を引き受けたが、公国大公―宗教局の体制批判の過激性の廉で彼も公国外追放となり、さらに政治記者の道を探るも挫折、一七九六年九月、シュトラースブルク近郊のライン河に入水した。三十八歳の若さだった。

彼はヘルダリーンの詩人独立に誰にもまして深く温かい理解を示し、具体的な道を摸索、シラーに頼み、テューリンゲン州、マイニンゲン南方のヴァルタースハウゼン在フォン・カルプ家夫人シャルロッテがシラーの友人でもあることから、シラーの推輓が功を奏して同家子息の家庭教師《ホーフマイスター》が実現した経緯は、すでに短く述べた通りである。

ヘルダリーンが名実ともに、出発者自身となる用意と覚悟は整った。この時期に創られた詩「運命」には、アイスキュロスの「運命を敬い、その前に跪く者は賢い」の副題引用がある。最終第十一節から、出発者の出発意志を見よう。

最も神聖な嵐の風圧により　崩れ落ちるがいい
わたしの牢獄の壁は
そして　もっと耀き　もっと自由に充ちて放浪していくがいい
わたしの精神は　未知の国へと！(10)

第四節　『ヒュペーリオン』――「生あるものの抹殺の不可能」

本稿は彼の伝記上の叙述が主旨ではないが、ヘルダリーンの自由の根源は出生以前を含め、その芽は幼少期にあり、修学を重ねる毎にますます顕在化し詩人独立への促しと最初の具体的な踏み出しに至った、その核心をめぐる展開の過程がやや詳しく述べられる必要があった。以下、ヘルダリーンの歩みは素描にとどめながら、『ヒュペーリオン』に絞ってさらに進めたい。

『ヒュペーリオン』は、シュトイドリーン、シラーを経て、シラー主宰の詩誌「タリーア」に最初の一部が載り（「タリーア断片稿」）、シラーから続きを懇請され、三度の改稿（「ヒュペーリオンの青年時代」「韻文稿」「最終前稿」）を重ねた後、最終第一巻は一七九七年四月に、同第二巻は一七九九年十月にようやく刊行となった。この間、ヘルダリーンは、二度目の就職先としてフランクフルトの銀行家ゴンタルト家（Jakob Friedrich (Cobus) Gontard, 1764-1843）の家庭教師《ホーフマイスター》に一七九五年暮に就き、一七九八年秋までの二年半あまり、同家の長男ヘンリーの教育を担当した。十七歳の若さでハンブルクの裕福な名家から嫁いできた教え子の母ズゼッテ（Susette Gontard-Bor(c)kenstein, 1769-1802）には、ヘンリーの他に二十歳代後半で三人の娘たちがいたが、ヘルダリーンの類いまれな知識のみならず、詩人ならではの鋭敏にして繊細な言語と美的感性、そしてなによりも、一個の自由な存在の誇りの矜持がどれほど高くても、これも売りものにしようとはしない姿勢に強く魅かれた。ヘルダリーンのこの内面が、自ずと顕れもする端整な容姿もその一因であったろう。

一方ヘルダリーンは、時代の子として自身ももう長く自然との分裂に苦悩し、ロマン派の自然回帰とは異なる在りようで、全一の自然の恢復をこそ文学にも希求し続けてきたのであったから、この自然が未分裂のまま、生身の一女性の内に美と化して生きていることを知った。にわかには信じ難いが、本当の事実だった。ヘルダリーンだからこそ、これを見ぬき、識り得たのかもしれない。このような美を見出《みいだ》した驚きは、いかばかりだったことか。ヘルダリーンがズゼッテに強く魅かれ始めたのも、ほとんど同時だったであろう。すなわち二人には、愛としか名づけようのない愛が芽生えたのであった。彼は静謐の内から滲み出て止まない優しみの美貌のこの女性を、プラトンの『饗宴』に登場する、ソクラテスに愛の本質を教示したマンティネイアの聡明な巫女ディオーティマになぞらえてディオーティマと呼び、同題名の頌歌《オーデ》で幾度も書き改めつつ歌った。ズゼッテもそれを受け容れ、なによりの喜びとした。「タリーア断片」を始めとする『ヒュペーリオン』諸前稿では、主人公の愛の対象はまだ抽象性の域を出ない女性だったが、ヘルダリーンがズゼッテとの決定的な出会いを体験してからは、最終第一巻で、ディオーティマが存在の具象性を帯びた女性で登場した。二年後の最終第二巻では実際の進行も踏まえたこの愛の深まりが如実に映し出され、二人の出会いがもはや小説とは思えない、なまなましいまでの説得性を帯びる描写力で叙述されている。

やがて二人を中傷するあらぬ噂をたてられ、ヘルダリーンは一七九八年九月、ホンブルク公国高官で、哲学・文学上でもテュービンゲン、イエーナ来の親友、人間の自由と平和樹立志向の純乎たる持ち主、ズィンクレーア（Isaak von Sinclair, 1775-1815）の勧めで彼の住むフランクフルト近郊のホンブルクに移った。以後一八〇〇年五月上旬頃まで滞在。そのあいだ、幾度となく、むろん徒歩で、年間を通し往復それぞれ数時間かけてゴンタルト家のズゼッテの許を訪ね、瞬時の手紙の手渡しの遣り取りをするのが、この愛のために彼が為しえた全てだった。

辛うじて遺されたこの時期のズゼッテからヘルダリーンへの手紙全十七通と、ヘルダリーンからズゼッテへの四通の全訳に詳注を付し、彼らの愛が『ヒュペーリオン』を精神の支柱にしつつ、いかに貫かれていたか、その全貌を拙著で書き著した[11]。彼らの愛そのものが、彼ら自身のテクストに即して明らかにされることなく『ヒュペーリオン』の理解もなされえない、と考えぬいたからにほかならない。本書でも当然ながら、二人の残存テクストの全てを手稿自体に遡って検証し、現在のテクストとの比較対照を行ったのは言うまでもなく、拙訳―著書等で採る、ヘルダリーンの他の全てのテクストに対する場合と同じである。ズゼッテの筆跡が回を追う毎に緊迫度を増し、最後の第十七書簡では一種の乱れまで認められ、乱れのまま、それでもなんとかして自分の置かれた最新の日常状況を彼に伝えんと試みている気持を、我々はたしかに読み取ることができる。ズゼッテに贈られた最終第二巻には、「貴女のほかの誰に捧げよう」が書き込まれている。私も拙著で「代替不可能の愛」と呼んだ愛を詩人に生ましめた、その当の女性にこそ。ヘルダリーンとの愛を「私の巨きな代替不可能な喪失」と自ら呼んでいた女性《ズゼッテ》にこそ(12)。

ところで『ヒュペーリオン』の主人公ヒュペーリオンは、当代つまりヘルダリーンと同時代の十八世紀に生きるギリシャの青年であり、おのれの歩んできた人生の一齣一齣を回想する。回想内の各一齣は、これを物語る語り手の現在の主人公の居る生の場面ともなる時間構成に置かれるので、回想ではあっても、各場面―空間での主人公または対者との遣り取りは現在進行形で行われ、主人公の最近の生活と思想内容が書き送られる。それは、『ヒュペーリオン』では、主人公がドイツ人の友ベラルミン（一度も登場はせず）に宛てた書簡から成る小説だからであり、最終第二巻では、これに主人公とディオーティマとの往復の手紙も挿入される構成だからである。書簡体小説はゲーテも採った小説形式だが、ヘルダリーンが主人公の成長に自身の思想形成を重ねて委託し、しかも二重の時間の展開構造としたのは最適の選択だったといえよう。

『ヒュペーリオン』最終第一巻の書名『ヒュペーリオン―ギリシャの隠者』に続いて掲出された題辞の意味、すなわち作者ヘルダリーンがこの冒頭辞にうち込めた文学―思想の根本意図が問われることは皆無に等しかった。しかし今、ヘルダリーンの自由に根底から関わらざるをえない、それ故本章でこそ問われるべきこの一点の重要性を明示し、提起しなければならない。

題辞は、イエズス会の創立者イグナティウス・デ・ロヨラ（Ignatius von Loyola, 1491-1556）の墓碑銘（Non coerceri maximo, contineri tamen a minimo divinum est）の一部に少しだけ変更を加えたものである。

「最も大きな力を持つ存在《もの》によって制限されはしないし、最も小さな力しか持たない存在《もの》の腕にも抱《いだ》かれること、これを神的という。」

(Non coerceri maximo, contineri minimo, divinum est.)

一方、『断片ヒュペーリオン＝タリーア断片稿』の序文では、「人間は一切のうちに在ろうとはするが、また同時に一切の上にも在ろうとする」に続き、「ロヨラの墓碑銘からの金言『最も大きな力を持つ存在《もの》によって制限されはしない。しかし、最も小さな力しか持たない存在《もの》の腕にも抱《いだ》かれることにしよう』（non coerceri maximo, contineri tamen a minimo）は、一切を欲しがり、一切を征服する人間の危険な一面を表すとともに、人間に到達可能な最も高く、最も美しい状態も表している。これがどのような意味で各人にあてはまるかは、各人の自由意志が決めればよいことだ」と記されている[13]。

『タリーア断片稿』引用題辞をa）とし、『最終第一巻』引用題辞をb）として、双方をあらためて比較してみたい。双方ともほとんど同じに見えようが、そうだろうか。

ａ）での「しかし」(tamen) がない代わりに、ｂ）では、「神的」(divium) が生じている。この僅かな改稿は何を意味しているのか。

改稿がヘルダリーンの結論なのは明かである以上、我々が拠るべきはｂ）のテクストでよいのだが、僅かとはいえこの差異から眼を逸らすわけにはいかない。もしａ）のテクストで最終第一巻の題辞も妥当、とヘルダリーン自身が決定していたとしたら、我々はこれに拠るしかないし、「しかし」が付されているので、最大と最小に関わる対照の指示力はすでに刮目に値しよう。ところがヘルダリーンは、二年後の最終第一巻では「しかし」を「神的」と改め、こちらを決定稿とした。ａ）がｂ）を導き出し、これを強調するための必須の前提となっているのは間違いない。それでもｂ）では、ａ）で示唆され指示もされていた、最大の存在《もの》の力と最小の存在《もの》の力の間の越え難さにもかかわらず、もはや「しかし」等の接続詞は用いずに両者共に「神的」と規定した。両者を同時に並置し、しかも共に「神的」と規定することで、最大力の所有者のみが「神的」なのではなく、最小力の所有者でも「神的」でありうる、という両者を同時に並置する根拠が生じた。すなわち主人公ヒュペーリオンにとって、ａ）では、その認知に直結するもの＝「最大の存在《もの》」から「最小の存在《もの》」へのいかなる強制＝「制限」も拒否する、との表明を、ｂ）では、これこそ主人公ヒュペーリオン＝「最小の存在《もの》」の拠って立つ基底を再提出することで、ａ）ｂ）相俟っての新しいヒュペーリオンを通しての、ヘルダリーン自身の自由な詩人独立への存在宣言がなされたと言うしかない。それは「神的」の対等性が、当箇所でこのように明示された根拠内容として今こそ問われるべきものとなったからである。ひとつの差異、これを生ましめている一点こそキリスト教には禁断であり、容認すべからざる問題となって浮上するだろう。そして実際、一時とはいえ本書には、公国―宗教局のみならず、ウィーンの検閲当局から発禁や条件付発売の厳命が下されたのも宜なるかな、と想像するに難くない[14]。或る匿名のイエズス会士作の、もともとそう長くはないロヨラの墓碑銘は、当然ながらこの創立者の偉業の傑出性を讃美している。ごく一部とはいえ、そこから本歌取りのようにロヨラの意図からずらしての創り直しがヘルダリーンによりなされたわけだが、その結果、当代のキリスト教当局により検閲され発禁もありえた『ヒュペーリオン』事情なぞ、ロヨラは夢想だにもしなかったであろう。しかし、ヘルダリーンには、これまで探り求め続けてきた一個の人間に本来当然に付与されるべき自由の精神を、この『ヒュペーリオン』でこそ、主人公に託し入れ公にすることこそ最重要の詩人使命であり、彼自身が一身に引き受け創造し始めた文学の革命の端緒にほかならなかったことを私は強く説きたいのである。

　主人公ヒュペーリオンへとこの題辞にうち込めて表明したヘルダリーンの詩人宣言に拠れば、最大の存在《もの》にも「制限」＝弾圧を受けず、最小の存在《もの》とされる存在《もの》にも光は宿るとされたことから、現代の我々もこうしたテクストに与る以上、この最小の存在《もの》の「腕にも抱かれる」、つまり最小の時間を共有し、ここにしか生まれないかもしれぬ喜びに与れるようになるのかもしれない。

この世で最も小さな時間の意味で使用した拙エッセイの「時間」すなわち授業にも、これが最小であるからこそ最も小さなまま、ひょっとして「神的」な光に射し貫かれる瞬間が生じるのかもしれない。

本案件の直接の引き金になった寄川氏の授業を、私の授業に強引になぞらえようとしているのではない。しかし、ヘルダリーンの個の独立の自由を見すえた中核の詩語がようやく登場した今、氏の授業にもかならずや宿っていたであろう、宿っているであろう、宿り続けるであろう存在《もの》が放射する一条の光が感じられてならないのである。どれほど小さな時間に見えようと、これを監視し、盗聴までする者らから一切の「制限」を受けることなく、小さいまま、その「腕に抱かれる」べき者ら＝受講者と共に居て初めて生じるだろう時間、私自身の最小の授業でも非力ながらなにより大切に育み慈しんできたはずの時間故、寄川氏の授業が盗聴される、などという私にはほとんど信じられぬ、断じて許容できない卑劣な行為が、キリスト教主義を標榜する大学当局者らにより平然と行われた事実に接したとき、本案件に関わる寄稿依頼を氏より要請されたとき、そして承諾の意を氏に伝えたとき、一文をまとめられるかどうか不安を覚えつつも、ヘルダリーンの自由をめぐって、『ヒュペーリオン』のこの一事が浮上したのは、私には自然なことだったのだ。最も大切な授業の履行が履行できないようにされた氏の苦悩が、吾が身のそれとヘルダリーンを介して交差してしまったのである。それ故、私が同じく最も重きを置いてきたこの一事にこそ、個の自由を支柱に、私と氏のそれぞれの授業、という一事にも自ずと重なり、重なってこざるをえない事実を、私自身の言葉で、ヘルダリーンと共に綴ることにより氏に寄り添いたい、と念じた。およそ二百年前のドイツの詩人の言葉が、公国―宗教局の保証を拒否し出発した出発者、運命を甘受しつつ途上に在り続けた独りの魂の漂泊者の言葉が、『ヒュペーリオン』全巻中の言葉と化して、同質の数百年来の蛮行を現代でも止めようとしない人間らを眼の当たりにしつつ、現代の、否、未来の言葉と化して、今顕現し、現前する。

次に、「小さな時間」の「生あるものの抹殺の不可能」に触れよう。これは、ヒュペーリオンが小アジア・イオニアの町スミルナで出会った年上の青年アラバンダが、数年後の再会時に主人公に発した言葉を短く言い表したものである。出会った時、彼はすでに過酷な時代の下で、世界の変革を目指す秘密結社の一員だった。二人は直ちに惹かれ合い、変革への高い意志から友情以上の愛をも持つことになったが、少しの感情のもつれがもとで決裂してしまった。その後、ディオーティマとの運命的な出会いを体験したヒュペーリオンは、同性と異性との二重の愛を同時に持ち続ける存在となっていく。別れたとはいえ、結局一時的に過ぎず、革命意志の純一性は、おのれには未だ熟さない彼自身を代弁するものであり続けた。彼の欠落は、だから、埋めようのない孤独を絶えず誘発し、ディオーティマとの愛の喜びがなかったら、自分を失うに至っていただろう。

そんな日々に、突然、アラバンダからの手紙が届く。オスマン帝国によるギリシャの植民地支配を脱すべく、これに抗して始まったギリシャ独立戦線からの参加要請だった。ヒュペーリオンが、胸底深く待っていた彼の声だった。帝国支配下に喘ぎ続けてきた惨めなギリシャの一青年として、祖国を解放し、本来のギリシャたらしめんとするのは、ヒュペーリオンには自明であり、直ちに前線の彼の許へ馳せ参じる、とディオーティマに伝えた。彼女はしかし、ヒュペーリオンには別の使命がある、と言って激しく止めたが、彼の決意が揺るがぬことを知り、おわりに甘受した。そして参戦し始めたヒュペーリオンの許に、カラウレア島のディオーティマより、思いのかぎりをつくして書かれた幾通もの手紙が届き、彼も応じる往復書簡が生まれた。やがて同志のはずの兵士らの裏切り行為もあり、彼自身瀕死の重傷を負い、アラバンダの必死の介抱で恢復する中、戦いは敗北する。

この時、ディオーティマからは最後となった手紙と、彼女の死を知らせる手紙が同島の知人《ノターラ》から着く。それに合わせるように今度はアラバンダが結社に背いた者としての極刑を受けるべく、むしろ従容として自らの死を受け容れるべく、ヒュペーリオンに別れを告げる。「生あるものの抹殺の不可能」は、その際、友を前にして、自由の思想にも最中核部で関わる告別の言葉の中に見出される。大変重要な箇所なので、一部掲出しよう。

「『わかるか』彼は口調をあらためて言った。『私が、なぜ死にまったくとらわれてはいなかったか。私は、自分の内部にひとつの生命《いのち》を感じている。この生命は、神が創ったものではないし、人間が創ったものでもない。私たちが存在するのは、私たち自身によるのであり、私たちを万物とかくも親密に結びつけているのは、是非そう在りたい、という自由への欲求だけだと信じている』。

『こういう言葉を、君から聞いたのは初めてだ』、と私は応えて言った。

『この世界とは、いったいなんだろうね』、と彼は続けた。『もしこの世界が、自由な存在《もの》らのつくる調和でないとしたら、この世界とはなんなのだろう。もし生きとし生ける存在《もの》らが、自身の喜びの衝動に根を持ち、原初から世界のなかで、ひとつの全和音の生へと共に響きあい、力を合わせていくのでなければ、この世界は、なんと生命を欠いた冷たいものであろう、なんと心を欠いた駄作の世界となってしまうだろう』。

『それなら、最も高い意味で真理と言えるのは』、と私は応えた。『自由がなければ、全ては死んでいるということだね』。

『その通りさ』、と彼は声を高めて言った。『たった一本の草でも、自身の内に固有の生命の芽が宿っていなかったとしたら、成長してくることはない。ましてや私の内部には、もっとずっと多くのものが宿っているにちがいない。いいかね！　私は最も高い意味で、どこまでも自由であり、だからこそ私には始まりもなかった、と感じている。それだからこそ、終わりもないのだし、破壊もされることはない、と信じている。もし陶工の手が私を作ったのであれば、この器を好きなだけ砕けばいい。しかし、生を宿している存在《もの》は、ただ作られただけのものであるはずがない。その萌芽には、神的な自然が宿っているはずで、これはどんな権力も、どんな技巧も超えて高く、だからこそ傷つけられず、永劫であるはずなのだ。

誰でも、自分に深く秘めたものを持っている。ヒュペーリオン！　自分がひそかに育てた考えを持っている。これこそが、私がものを考え始めてから、ずっと抱き続けてきた秘密、つまり私自身の秘めた思想だったのだよ。

生ある存在《もの》を、根絶やしにはできない。どれほど非道い隷属状態を強いられようと、いぜんとして自由であり、いぜんとして、一《いっ》で在り続ける。たとえ君が、底の底まで切り分けてみても、いぜんとして無傷のままだ。骨の髄まで打ち砕いてみても、その本質は、勝利を口ずさみながら、君の手もとから飛び去っていく。」――(15)

あの一語、「生あるものの抹殺の不可能」が、テクストを通して、生と死を同時に正視し続ける世界の変革参与者が、ただひとりの友に遺し託した言葉に拠っていた理由内容からも、今、可視となったことだろう。また、あの「最小の存在《もの》」の、個の自由に根元的に関わる生と死の思想が、この『ヒュペーリオン』において、ほとんど初めて提示されていた、と強く説いておこう。

第五節　後期讃歌の一例──二つの授業あるいは「小さな時間」

ヘルダリーンは、七十三歳の生涯後半の約三十六年間は精神の病に苦しみ続けた。休みなく、真っ二つに斬り裂かれたように。いったい何人によって？　かくも長きにわたり、病の生き身を晒したヘルダリーン、キリスト教にとっては、具体的には公国─宗教局にとっては、この最たる背教者への当然の見せしめになったであろう。背教者の成れの果てを世間に晒す、これほどの見せしめの好例はなかったであろう。

その背教者はしかし、発病の僅か数年前、ゲーテも及ばないとされる後期讃歌の諸篇、例えば「平和祝祭」「唯一者」（悲歌《エレギー》「パンと葡萄酒」でも）等で、愛するキリストは歌った。当代での平和取り戻しを担うべき、時代にも積極的に関わる関与─担い手として。なによりもヘルダリーンのキリストは、「唯一の者」の唯一性がどうしても含まざるをえない聖性をふりかざす権威の絶対性や排他性から遠く離れた、ひとりの恋人のような、人間性にも富む半神として、それ故ヘラクレス、ディオニュソス（葡萄酒神）に並列する同等者に置かれた。この二神との半神性が共通しつつもなお、イエスへの特別な愛（おお　キリストよ！　わたしはあなたが好きなのだ、／あなたはヘラクレスの兄弟なのに／思いきって告白しよう、あなたは／葡萄酒神《エヴィーア》の兄弟でもあるのだ、あの神は）[16]が歌われたのであった。

これは、詩人の独断によるキリストの貶めなのではない。二人のギリシャの英雄―半神とキリストが、それぞれ異なる歴史使命を担いつつ、ヘルダリーンの詩界で親密に結び合い、キリストの去った夜の大地で新たな平和創建の困難な協働作業に今からこそ並び与っていく、世界史的視野をも収めたヘルダリーンの独自の詩観に発するキリスト把握にほかならない。彼の自由は、『ヒュペーリオン』、『エンペドクレス』を経て、後期讃歌世界で、キリストをも一個の自由存在へと解放することで、特別な使命を帯びつつも、他の半神らと平和構築への協働者としうるまでの高みに達していた、と指摘しておこう。

ヘルダリーンに発する自由が、二つの授業、「小さな時間」そして寄川氏の授業でも、共に「最小の存在《もの》」の時間となって、その最深部で見つめられ、ひそかに保持されてもきたからには、この「小さな」「最小の存在《もの》」を、権力を行使して奪い取ろうとしても無駄だ。ヘルダリーンによって、あの最大の存在《もの》と最小のものとは、手を携えて「神的」とすらされ、しかもこの「神的」は、時の政治―宗教権力からの、あるいは、これを楯に取る一切の筋からの自由の中でこそ生じるとされている故に。私の、この世で最も「小さな時間」にすぎぬ授業だけではなく、寄川氏が全力を注いできたであろう授業も、この最小の存在《もの》に連なる時間と見なし、これが不当にも侵害され蹂躙される切迫の事態を、もはや見過ごしにはできなくなったのであった。ヘルダリーンの文学世界の万般には及ばなかったが、この詩人にとり自由がどれほど重い支柱だったか、巡り巡ってその全重量を、今、私の素手の両手ではもう支えられなくなるまであらためて感受し、この感受の一端をこそ、本案件に寄せて不十分ながら綴ったのであった。

生と死、生者と死者らが、独りの、最後まで借家住まいの漂泊者の魂を透して、もう数えきれはしない困難の中で創造した詩業の自由を透して喚びかけてくる。どれほど「小さな時間」であっても、その内部にふと、たち顕れ、現前もする聲、おお、最小の存在《もの》らのこの聲を、全心身にそのまま受け容れ、どこまでも、どこまでも愛しみたい、と希いつつ擱筆する。

注

(1) DÉFI 山梨大学学園誌「デフィ」第十一号、九頁(特集「新世紀　梨大が変わる」山梨大学学園誌専門委員会編集発行、二〇〇二年三月)。

(2) 本家計簿およびヨハンナの最後の手記は、アードルフ・ベック教授によりニュルティンゲンで発見され、同教授編『シュトゥットガルト版ヘルダリーン全集』(StA と略記)第七巻―一、第七巻―二に収載。さらにこの両巻に基づき、八年後の一九八〇年刊『ヨハンナ・クリスティアーナ・ゴック、ヘルダリーン氏の未亡人(旧姓ハイン)』では、十二頁のヨハンナの書き入れ表、十二頁のヨハンナの手記「私の最後の希望」（一八〇八―一八二〇）が、大判の手稿写真で再現され、各手稿それぞれに対応する復元テクストが付されている。ペーター・ヘルトリング序。

StA, Bd. VII-I. Hrsg. von Adolf Beck (Briefe an Hölderlin. Dokumente 1770-1793). Dokumente Nr. 11. Ausgabenliste der Mutter Hölderlins. Stuttgart (W. Kohlhammer Verlag) 1968, S. 281-294. StA, Bd. VII-II. Hrsg. von Adolf Beck (Dokumente). Dokumente 1794-1822. Dokumente Nr. 367. Das Testament der Mutter Hölderlins. (1)-(6). Stuttgart (Verlag W. Kohlhammer) 1972, S. 386-394, S. 394-398.

Johanna Christiana Gock, verwitwete Hölderlin, geborene Heyn. Einleitung von Peter Härtling. Schriften der Hölderlin-Gesellschaft. Bd. 12. Nürtingen (Verlag der Buchhandlung Zimmermann) 1980, S. 5-8, S. 9-22, S. 23-36, S. 37-58.

(3) StA, Bd. VII-I. Dokumente Nr. 27. Rudolf Magenau über das Kloster Denkendorf. S. 332-333.

(4) StA, Bd. I-I. Hrsg. von Friedrich Beissner (Gedichte bis 1800). Erste Hälfte. Text. Stuttgart (W. Kohlhammer Verlag) 1969, S. 15-20, bes. S. 19, Z. 121-128.

(5) ヘルダリーンは卒業時に、全十七篇のマウルブロン校での詩作品を、四つ折半のノオトにていねいに清書していた。これは「マールバハ・ノオト」と命名され、マールバハ国立文学文庫《アルヒーフ》より刊行され、「私の家族」（前注参照）、「テック山」なども、後続の復元テキストと共にその全詩行を手稿写真上のヘルダリーンの筆跡から辿ることができる。

Friedrich Hölderlin, Die Maulbronner Gedichte 1786-1788. Faksimile des »Marbacher Quartheftes«. Hrsg. von Werner Volke. Marbacher Schriften 13. Marbach am Necker (Deutsche Literaturarchiv) 1977, S. 7-80, S. 81-127, S. 129-134, S. 135-145, S. 147-160, S. 161, S. 163.

本「ノオト」に関して

小磯仁「ヘルダリーン―マウルブロン手稿――少年の夢に秘められたもの」（「學鐙」第七九巻第六号、八―十一頁、（丸善、一九八二年））参照。

StA, Bd. I-I. S. 26, S. 64. StA, Bd. VI-I. Hrsg. von Adolf Beck (Briefe). Erste Hälfte. Text. Briefe an Louise Nast. Briefe 1784-1793. Briefe Nr. 22. S. 31, 24. S. 40, 25. S. 43-44, 30. S. 49-50, 31. S. 50-52. Stuttgart (W.Kohlhammer Verlag) 1968.

(6)　注⑶参照。
StA, Bd. VII-I. Dokumente Nr. 52. Rudolf Magenau über Stift. S. 386-387.

(7)　小磯仁『ヘルダリーン』（人と思想171　清水書院、二〇〇〇年（再版二〇一〇年、新装版二〇一六年）、六三―六四頁、七〇―七一頁参照。原典資料は、全集を始め全て巻末に表示。清水版と略記。

(8)　前注拙著清水版六八頁参照。

(9)　注⑷参照。StA, Bd. I-I. S. 157-161, bes. S. 161, Z. 121-128.

(10)　前注ならびに注⑷参照。StA, Bd. I-I. S. 184-186, bes. S. 186, Z. 81-84. 清水版七五―七六頁参照。
本巻拙論考の副題「魂の漂泊者」は、私自身で名づけ共に使用もする、ヘルダリーンの詩人存在を根底から根拠づける出発者、「運命」への「自由に充ち」た出発者に等しい。その出発者だからこそ担い続けられたのであろう希求、自然と離反して久しい人間との決定的な乖離が惹き起こしてきた怖るべき悲劇性と喪失した原自然の恢復を歴史的に希求し切願する、という時代を直視すればこそ、これを突き抜けてもいた稀有な詩人営為の思想性に現代からの視座で論及した拙稿に、次の特別寄稿がある。

小磯仁「詩人の聲　あるいは言葉――ヘルダリーンの人間―世界把握をめぐって」（「アンブロシア」第五十号、二四―三三、四九頁、（アンブロシアの会、二〇二二年））参照。

小磯仁「ヘルダリーンと私」（「ｍｙｂ――みやびブックレット」第四六号、六―九頁（みやび出版、二〇一三年））も参照。

(11)　小磯仁『ヘルダリーン　愛の肖像――ディオーティマ書簡』岩波書店、二〇〇四年、三三二頁（本

文二八三頁、注二八四—三二七頁）。原典資料は、全集を始め全て注に表示。岩波版と略記。清水版九一—九八頁、一一四—一一六頁、一三五—一三七頁、二〇〇—二〇二頁参照。

⑿ 清水版一二五頁、岩波版二〇三頁（三二三頁）の各掲出写真を参照。岩波版が大きく、見やすい。ズゼッテは、一八〇〇年五月七日の最後の逢瀬より二年後、一八〇二年六月二十二日、小供の看病から感染した風疹がもとで死去、享年三十三歳。岩波版Ｘ頁、二五六頁参照。

⒀ StA, Bd. III. Hrsg. von Friedrich Beissner (Hyperion). Hyperion oder Eremit in Griechenland. Erster Band. S. 1-90, bes. S. 4, S. 437-438. Fragment von Hyperion. S. 161-184, bes. S. 163, S. 491. Stuttgart (W. Kohlhammer Verlag) 1969.

ヨッヘン・シュミット編『ドイツ古典作家叢書全集』(KAと略記）の内三巻本ヘルダリーン全集』。

KA, Friedrich Hölderlin, Sämtliche Werke und Briefe in drei Bänden. Hrsg. von Jochen Schmidt. Bd. 2. Hyperion oder Eremit in Griechenland. Erster Band. S. 9-101, bes. S. 12, S. 969-970. Fragment von Hyperion. S. 177-199, bes. S. 177, S. 1073. Frankfurt am Main (Deutscher Klassiker Verlag) 1994.

⒁ 前注KA原注参照。KA. Bd. 2. S. 978.

⒂ 注⒀参照。StA, Bd. III. Hyperion. Zweiter Band. S. 91-160, bes. S. 141.

⒃ 清水版一三三—一三四頁、一三七—一三九頁、一六四—一六九頁参照。

StA, Bd. II-1. Hrsg. von Friedrich Beissner (Gedichte nach 1800).Erste Hälfte. Text. S. 154 (1. Fassung, Z. 48-53), S. 158 (2. Fassung, Z. 50-52), S. 162 (3. Fassung, Z. 50-55). Stuttgart (Verlag W. Kohlhammer) 1970.

KA, Bd. 1. S. 345 (1. Fassung, Z. 48-53), S. 348 (2. Fassung, Z. 50-55).

ミヒャエル・クナウプ編・三巻本『ヘルダリーン全集』(MA）と略記。

MA, Friedrich Hölderlin, Sämtliche Werke und Briefe in drei Bänden. Hrsg. von Michael Knaupp. Bd. I. S. 389 (1. Fassung, Z. 48-53), S. 468 (3. Fassung, Z. 50-55), München (Carl Hanser Verlag) 1992.

第二章　ヘーゲルと自由――生の探求者――

寄川　条路

一七八八年、のちに哲学者となるヘーゲル（Georg Wilhelm Friedrich Hegel, 1770-1831）は、小中高一貫校のギムナジウムを卒業して南ドイツのテュービンゲン大学神学校に入学する。牧師を養成するための学校で、最初の二年間は哲学を学び、つぎの三年間は神学を学ぶことになっていた。同時期にのちに詩人となるヘルダリーン（Johann Christian Friedrich Hölderlin, 1770-1843）が入学し、二年後にはのちに哲学者となるシェリング（Friedrich Wilhelm Joseph von Schelling, 1775-1854）も入学する。

学校内では当時、フランス革命に影響されて政治サークルができ、学生たちがフランスの新聞を読みあさっていた。学校側は学生の活動を監視したり、会話を盗聴したりしていたが、ヘーゲル、ヘルダリーン、シェリングの三人は、自由・平等・友愛というフランス革命の理念を高らかに唱えたり、革命記念日にはテュービンゲンの郊外に「自由の樹」を植えたりして、神学校の保守的な制度に反抗していた。なお、後年、ギムナジウムの校長になるヘーゲルは、教員が生徒らを教会へ引率していくことに強く反対している。

一七九三年、ヘーゲルとヘルダリーンは神学校の卒業試験に合格して牧師補となったものの、多くの学生たちがそうであったように、卒業後は聖職に就くことを拒否して教会から離れ、貴族や富豪の家に住み込んで子どもたちの家庭教師となった。ヘーゲルはスイスのベルンに赴任して家庭教師となり、ヘルダリーンはドイツ中部のヴァルタースハウゼンで家庭教師となり、シェリングは二年後に故郷のレオンベルクで家庭教師となった。

ヘルダリーンがヴァルタースハウゼンからフランクフルトに移ると、ヘーゲルはヘルダリーンに手紙を送り、フランクフルトの職を紹介してもらう。一七九七年になってようやくヘーゲルはベルンからフランクフルトに移り家庭教師となる。ヘルダリーンと再会したヘーゲルは、『ユダヤ教の精神』や『キリスト教の精神』などの宗教論文を書き始め、『ヴュルテンベルクの最近の内情』や『ドイツ国家体制の批判』などの政治論文にも着手する。

そして『一八〇〇年の体系断片』を書いたのち、ヘーゲルは、家庭教師からすでにイエーナ大学の教授となっていた五歳年下のシェリングに手紙を送って、大学教員への道を模索する。一八〇〇年十一月二日の手紙のなかで、宗教と政治から学問の形成へと関心が移り、青年時代の理想は学問の体系へと変わっていったと、当時の心境を伝えている。

私の人間形成は、低次の欲求から始まって学問へと向かっていきました。青年時代の理想は思考の形式に変わっていくと同時に、体系へと変わっていきました。まだこうした問題に取り組んでいますが、今ではどのようにして人間の生へ帰っていくのかと考えています。

一八〇一年、ヘーゲルはフランクフルトの家庭教師の職を紹介してくれたヘルダリーンから離れていく。二人がテュービンゲンの神学校でフランス革命に熱狂していたのもよく知られているが、青年時代の革命への関心も、ヘーゲルがシェリングのいるイエーナ大学に移ってからというもの、自己完結的な学問の体系へと飲み込まれていく。宗教や政治へと向かっていた若いころの実践への強い関心は、学問の体系をその内部で完結することへと向かっていき、そこから人間の生へと帰っていく道を探すことになる。

ヘーゲルの人生の歩みは、ヘルダリーンへの接近とそこからの離脱、そしてシェリングへの方向転換を物語っている。

第一節　青年時代の理想――自由の哲学者への決意

テュービンゲン大学神学校でともに学んでいたヘーゲル、ヘルダリーン、シェリングは、フランス革命の理念に共鳴し、自由・平等・友愛を理想として高く掲げていた。三人は、理想と現実という相対立する二つのものを根本の統一へと引き戻して結合しようとした。統一の原理は、芸術・宗教・国家・哲学へと展開して、人間を超えてすべてのものを包み込む神となって現れてくると考えられた。

この考えはのちにヘルダリーンの「合一哲学」と呼ばれることになるが、統一の原理は生の統一から分裂へ、分裂から再統一へと向かい、「生の弁証法」とも呼ばれるようになる。弁証法というヘーゲルの考え方にしても、あるいはドイツ観念論という思想運動にしても、ヘルダリーンからヘーゲルを経て生まれてきたものである。ヘーゲルが使う用語はどれもヘルダリーンの影響を受けていて、ヘーゲルの作品とヘルダリーンの作品を横に並べて見ると、両者の影響関係がはっきりと見えてくる。

ヘルダリーンの合一哲学とは、一つのものが二つに分かれて歩み出ていき、そして自分自身のもとへと戻ってきて一つになるという考えである。考え方としては、統一と分裂が再統一するという発想法である。詩学・神学・哲学が一つのものへと流れ込んでいく構想も、最初は美しい調和を保っていたが、発展していくことで調和を乱し、最後には再び統一して調和を回復するという構想である。ヘルダリーンとヘーゲルはこのような思想をいっしょに育てていき、合一哲学の構想を共通のベースにして新たな局面を切り開いていく。

統一と分裂を再統一する考えは、ヘルダリーンの場合には「悲劇論」として現れてくるが、ヘーゲルの場合には「運命論」となって現れてくる。ヘーゲルとヘルダリーンは、すでに学生時代からさまざまな思想潮流にみずから近づいていき接触していた。二人は古代ギリシャの汎神論的世界観を表す「一にしてすべて」（ヘン・カイ・パン）を合い言葉にして、いつの日か理想と現実を一致させることができると確信していた。

一七九七年、ヘーゲルとヘルダリーンはフランクフルトで再会し、両者の思想はここで合流する。同年に書かれたヘーゲルの『最初の体系プログラム』とヘルダリーンの『宗教について』は、両者のあいだで活発な議論が行われたことの確かな証拠である。

二人を含む「精神の同盟」と呼ばれていた友人たちも忘れてはならない。そのなかにはフランクフルト近郊のホンブルクの盟友であったズィンクレーア（Isaak von Sinclair, 1775-1815）とツヴィリング（Jacob Zwilling, 1776-1809）も入る。そこでは、存在するものの全体である現実はただ一つの原理が変化したものと受け取られていて、形而上学的な一元論が構想されていた。統一と差異が同じ根源から生まれてくるという考えがのちに、弁証法というヘーゲル独自の思考方法へと育っていくのである。

ヘーゲルがヘルダリーンと再会したときに書いた一枚の紙片が残されている。「倫理学」という言葉で始まるこの断片は、哲学体系の基本理念を手短にまとめているので、のちに『最初の体系プログラム』と名づけられた。あらゆる理念を体系化するこの断片は、理性の要請論、美の観念論、理性の神話論という三つの部分からなる。

第一部では、根本にある理念は自己意識のもつ「自由」に置かれていて、形而上学の全体を道徳へと還元していく倫理学は実践的な要請の体系となる。要請の第一は、自己意識の自由を自覚することであり、無条件に自由なものとしての「私」の観念である。自我の概念が形而上学の基礎をなしていて、ここから自然の領域へと移っていく。倫理学は自己意識から出発して全世界を無から生み出すのであり、これが「無からの創造」と呼ばれるものである。倫理学が自然へと拡張していくから、自然とは自己意識が実現される場所であり自我を取り巻く環境となる。さらに自我は人間が作った国家へと移っていくが、国家は人工的なものだから「国家にはいかなる理念もない」と告げられる。国家・憲法・政府・立法など人間の作ったものはすべて機械的なものにすぎない。機械の理念などありえず、「自由の対象」となるものだけが理念と呼ばれる。ここで「自由の自覚」と「あらゆる人間の完全な自由」が要求され、ヘーゲルは自由と自然という二元論を超えて自由による一元化へと進んでいく。

第二部では、理性に基づく美の観念論が構想され、第一部で要請された理念をすべて関係づけることが課題となる。「最後に、あらゆる理念を統一するものは、プラトンのいう高次のもの、美の理念である」。美の理念は、あらゆる理念を超えて包み込むから、自然を「真」という理論的理念として、自由を「善」という実践的理念としてともに包摂する。ここに美の観念論という新たな場面が開かれる。ヘーゲルは美の思想を漠然と語っているのではなく、古代ギリシャでは調和を形成していた美の姿を具体的に思い出して描いている。自然と自由、思考と行為という相反する要素を互いに近づけ、分かちがたい統一を形成するため、ヘーゲルは古代ギリシャの哲学者プラトン（Platon, 427-347 BC）や近代ドイツの哲学者カント（Immanuel Kant, 1724-1804）のように美しい統一を理性に還元する。理性こそが理念を実現するものだからである。理性によって対立するものの統一を作り出し、美の理念をとらえ返す。「真と善は、美においてのみ親しく結びつく」。理性があらゆる理念を統合して包括しているのだから、理性の最高の行為は「美しい行為」となる。

ヘーゲルの美的観念論は三つの特徴をもっている。まず、自己意識は体系全体の理念なのではなく美の理念の限定されたあり方にすぎない。自我は世界に対してあるから、理念のもつ本来の統一が分裂して対立した一対の理念が生まれてくる。つぎに、体系の目標は自我とそれに対立する世界との敵対関係を克服して、再び根源の統一へと連れ戻すことである。理論も実践も対立の克服をなすことはできず、美の理念によってのみなされる。そして美の理念は理性の働きに支えられているから、統一を根拠づける理念も統一を打ち立てる理性からのみ理解される。理性とは、統一のための美的な理念を支える基盤である。

「美しい」とは根本にある調和と統一の表現であり、分離によってはじめて自らを意識した「自我」とそれに対立する「世界」が生まれてくる。そこから両者の統一へ戻るために対立を解消しようとする。しかしそれは理論的な認識によっても実践的な行為によってもなされず、美的な感覚によってのみなされる。美とは、自然と自由の統一、思考と行為の統一を生み出すことのできる根本の原理である。統一ある調和が「美しい」と表現されるにしても、美とは、異なるものが対立しながらも協調して統一を形成するところにのみ成立する。統一とは、分裂との関連においてのみ考えられるのであり、分裂は統一に固有なものである。美の理念は「一にしてすべて」の思想をめぐる統一と対立の関係から導き出されてきたものである。

第三部では、神話と理性を結合した「理性の神話」が主題となる。神話は理念を感覚的な言葉で美しく表現し、哲学は感覚的に表現された理念を理性によって把握する。神話は理性と結びついた神話論となり、理性の神話に基づいた「新しい宗教」となる。新しい宗教は「理性と心情の一神論」と「想像と芸術の多神論」の二つからなり、両者が新しい宗教の設立要件となる。へーゲルは『宗教について』（一七九三年）でも、民族宗教を宗教と神話の結合体として理解していた。民族宗教は心情と想像を働かせるものでなければならないが、純粋な理性宗教でさえも人の心に表れてくるし、民族の心にはもっと具体的に表れてくる。かつてはギリシャ人のものであった想像と芸術の多神論が、今では新しい神話によってすべてのものに与えられ、これによって失われた統一が新しい形をとって再現される。

体系を支える理念が合一と対立の両者を包み込む統一の原理となるように、ヘルダリーンの合一哲学はヘーゲルの思想形成に影響を及ぼしていく。ヘーゲルはヘルダリーンから思想構築への着想を得て、合一哲学の枠組みを受け入れて展開している。『最初の体系プログラム』での倫理的な思想から美的な思想への進展は、カントの倫理思想からヘルダリーンの美的観念論への接近を表している。

体系の生成という観点からヘーゲルの思想発展を見ると、美の理念が統一の原理として現れてきたのがわかる。美の理念は、あらゆるものを基礎づけると同時に自分のうちに包み込む統合の理念である。包括的な統一と統一のなかに潜む内在的な区別との関係は、ヘーゲルののちの断片では「美」ではなく「生」という新たな概念によって規定されていき、ヘーゲルもヘルダリーンからの影響のもと分離して統一する生という考え方にたどり着く。合一哲学のこの考えは、みずから部分を作り出すことでくみ尽くすように全体を形成するものである。

第二節　宗教への欲求――『キリスト教の精神』

ヘルダリーンは生の概念をまずは統一の理念として据え、全体を包み込む理念へと拡張していく。この着想は一七九八年から一七九九年にかけて『ヒュペーリオン』と『エンペドクレス』に結実する。ここからヘーゲルは統一の概念を形而上学的に解釈することでさらに展開していく。全体という論理的な概念の枠組みから、体系を支える理念を導き出してくるのである。

ヘーゲルのいう生の概念は、宗教にかかわる『愛』と『キリスト教の精神』の初稿（一七九八年）では対立を排した統一であるが、同じ作品の改稿（一七九九年）では対立を含んだ統一へと書き替えられている。『愛』と『キリスト教の精神』の改稿ではじめて、「統一・分離・再統一」という三つの段階からなる「生の発展」が明確な形で表現される。

発展段階の定式化を「生の弁証法」の誕生とも呼ぶこともできるが、対立を経て統一に戻ってくる発展過程がのちに弁証法となり、自己への帰還という方法で哲学の体系を形成する。ヘーゲルは統一を「生」と呼ぶことでヘルダリーンの合一哲学に立ち戻り、そこから独自の哲学体系を展開していく。『最初の体系プログラム』で中心的な位置を占めていた美の理念は、ギリシャ宗教やキリスト教にかかわる宗教的な作品において、体系全体を突き動かす生の概念へと発展したのである。

ヘーゲルとヘルダリーンが書き残した断片は、二人のあいだの影響関係を明らかにしてくれる。両者の思想発展はヘーゲルがヘルダリーンの後を追う形で進んでおり、生の概念をめぐる両者の影響関係がはっきりと現れている。特徴的なのは「運命」という概念の受容と変容であり、運命を生へと統合していく過程から否定を内在する統一という考えが生まれてくる。ヘーゲルの生の哲学は、ヘルダリーンの合一哲学から影響を受けて形成されたものである。

ヘーゲルはすでに『民族宗教とキリスト教』（一七九三年）で「逃れられない必然性」のなかに「どうすることもできない運命」を認めて、必然性に従うことが運命を敬うことになると論じていた。ギリシャ人にとって法に従うのは当然であり、神々に仕えるのは自然なことであった。神は崇高で無限であるのに人間は自然に依存して有限であることにかなっていたからである。『イエスの生涯』（一七九五年）でも、自然が人間に課した限界を認めて受け入れることが、運命を定めた神をあがめることになるという。自然の威力は人間を包み込んで、人間の行いに避け難く否定的な力となって現れてくる。運命とは自然のなかに折り込まれた必然性を意味していた。

同じようにヘルダリーンも『罰の概念について』（一七九五年）で運命の概念を取り上げて、古代ギリシャの復讐の女神ネメシスについて語っている。ここでは避けることのできない「必然的な運命」を罰と理解し説明している。「罰とは、当然の報いによって受ける苦しみであり、悪い行いに対する結果である。悪い行いには罰がついてくる」。罰を受けるとは、法を犯したものが自分のなした行為の報いを受けることである。法に背いたときには、みずからが苦しんで罪を認めざるをえないから、報いと苦しみを分かつことはできない。ヘルダリーンは「習俗という掟からの報復」について語り、報いを受けて苦しむことを悪い行いへと還元する。「苦しみはすべて罰である」。

法と報いは循環しており、法を犯すことが法の仕返しを正当化する。罰するために法を認めるのであり、悪い行いに対する法の仕打ちが罰なのである。罰せられるのは法に違反したからであるが、そもそも罰は法を犯すことを前提しているから、罰は罪に続いてくる。罰が合法的であるのは、それが罪の過ちを正して、そのことによって循環を閉じて全体を再構成するからである。

ヘルダリーンの基本的なモチーフは、罰のうちに必然的なものとしての運命を取り込むことであった。運命とはどうすることもできない出来事のしるしであり、純粋な生に入り込むことで対立という場面へと現れて具体的に姿を表す。ヘルダリーンは、純粋な生が本来の自分へと到達するために分離の必然性を認める。統一が分裂するのは結合へと帰るためであるが、統一は分離を前提しており、調和は対立することではじめて可能となる。こうした考えがヘルダリーンの運命論の根底にあった。生はただ欠如においてのみ感じられ、神々もまた運命の法則の下になければならない。生きた全体にはそれに反するものが属しているから、死もまた生に属する。ヘルダリーンは『ヒュペーリオン』でつぎのように語っている。「死がなければ、いかなる生もない」。ヘルダリーンの考えが運命との和解というヘーゲルの考えに受け継がれる。ヘーゲルは『キリスト教の精神』で敵対が和解への前提条件であり、対立がはじめて再統一への可能性を開くという基本的な考え方を示す。この考えは、統一が分離に対立するものではなく、分離を自分のなかに含むことで運命との和解へ向かっていく。

ヘーゲルの思想発展はヘルダリーンとの関係から二つの段階に分けて考えることができる。第一段階は一七九八年の『キリスト教の精神』の初稿である。統一はカントのいう「純粋な自己意識」であったが、ヘーゲルはヘルダリーンからの影響のもと、スピノザ的な実体という意味での「純粋な生」の概念を受け入れて、カント的な意識の立場を離れていく。第二段階は一七九九年の『キリスト教の精神』の改稿である。改稿は初稿への批判であり、「純粋な自己意識」と「純粋な生」を「純粋な生の意識」へと統合して、生の意識という新しい概念に基づいて統一の理論を再構築する。根源的統一から分離を経て再統一するという三段階からなる発展の構想は、ここで組み立てられる。

なるほどヘーゲルの生の哲学はヘルダリーンの合一哲学から生まれてきたものだが、しかしヘルダリーンは統一の理念を掲げていても、統一のうちでは分離が消えてしまうから、理念は制限されたものであった。対立をそのまま統一のうちへもってくると、このような対立は運命となって現前する。これは人間に神の必然を気づかせるものであり、ここに運命の役割はあったといえる。ヘルダリーンは人間と神の分離を、運命という場で理解して説明しようとしていたのである。

ヘーゲルはこの課題を発展の過程のうちでとらえ直していく。歴史の場面へと移し替えて、発展過程のまっただ中で分裂を統一しようと試みる。これは、人間のいる有限なものの場で神のもつ無限なものを構成することにもなる。まずは分離したもののなかに自分を認めて、つぎにそこで統一を再構成するのであり、そしてそのことによって全体への要求を満たすのである。したがって、ヘーゲルがヘルダリーンと違っているのは、統一が生成してくる過程を体系的な発展形式として歴史的に構成するところである。

生の自己破壊と自己回復という考えは、ヘーゲルの思想発展のなかで『愛』と『キリスト教の精神』の改稿になってはじめて現れた重要な変更点であった。生の構造を解明するなかで、ヘーゲルは対立するものが再統一への可能性を開くという考えに行き着き、統一に対する分離の意義を認めるようになった。

『愛』で構想された三段階の発展を『キリスト教の精神』へ受け継ぐことで、思想史的にいえば、新プラトン主義の三位法をキリスト教の三位一体論に引き付けることにもなった。そこから生の三段階論は歴史の三段階的発展論へと拡張していき、ヘーゲル哲学の基本構造を形成するにいたる。弁証法の源とみなすことができる、分裂を通じて根源の統一へと帰還する三位法が、最初と最後を円環運動を通じて結びつける体系構想へと受け継がれていくのである。

ヘーゲルは、統合する生の概念を包括的な理念として受け入れることでヘルダリーンに従っており、さらにそこから発展のための具体的な形式を与えていく。宗教と政治の場面で発展の構造が示され、否定に徹する弁証法の論理が生まれてきて、体系構想の変遷過程を通して完成へともたらされていく。

ヘーゲルは『カント注釈』（一七九八年）で政治と宗教を結びつけ、国家と教会を融合させようとしていた。この試みは、人間のもつ有限なものと神のもつ無限なものを統一しようとする合一哲学から生まれてきた。しかし『ドイツ国家体制の批判』（一七九九―一八〇三年）では、国家を再建するために必要な条件として教会からの自立が要求される。ここで政教一致への希求は政教分離の必要へと方針を百八十度転換する。この方向転換は宗教の分裂が国家を引き裂いたという歴史的な事情からは説明できない。むしろそれはフランス革命に続いて起こった当時のヨーロッパにおける政治的な状況からのみ解明される。

第三節　政教一致から政教分離へ——生の弁証法の成立

ヘーゲルが青年時代に書いた宗教論文はどれもヘルダリーンからの影響を物語っていて、若いころの二人の作品を並べてみると、ヘーゲルの思想はヘルダリーンの思想に従っているのがわかる。とりわけ否定を内在する実体的な統一という考えに両者の共同作業が現れていて、二人のあいだで「生」の概念をめぐって活発な議論が行われたことも確認できる。ヘルダリーンとの関係に限っていえば、ヘーゲルの思想発展を二つの段階に分けて理解することもできるが、さらにもう一段進めて生の弁証法というヘーゲル独自の理論が完成するのも見えてくる。

第一段階は、一七九八年に書かれたヘーゲルの『キリスト教の精神』の初稿とヘルダリーンの『エンペドクレス』である。『キリスト教の精神』の初稿では、統一は自我という意味での「純粋な自己意識」であったが、ヘーゲルはヘルダリーンの影響でスピノザ的な実体という意味での「純粋な生」を受け入れ、カント的な意識の概念から離れていく。

第二段階は、翌年の一七九九年に書き換えられたヘーゲルの『キリスト教の精神』の改稿である。改稿は初稿への批判であるばかりか、ヘルダリーンが描いていた世を逃れて隠れる『エンペドクレス』への批判と見ることもできる。ヘーゲルはカントの自己意識論とヘルダリーンの生の理論を結合して、「純粋な自己意識」と「純粋な生」を統合した「純粋な生の意識」へと統一の理論を再構築していく。そしてここで、生の概念が根本の統一から出発して分離を経て再統一へいたるまでの全過程を描き出し、統一・分離・再統一という三つの段階を経て発展する「生の弁証法」が完成する。

生の概念は統一・分離・再統一の三段階からなる発展過程として理解されていて、統一の自己帰還への運動がヘーゲルの宗教に関する著作の特徴を形作っていた。ここから弁証法的な思考方法も生まれてくる。同じように、政治的な問題を扱った著作でも生の概念の発展を通して弁証法が形成されていくのを確認することができる。

ヘーゲルはまず『カール親書訳』（一七九八年）でスイスの歴史を手がかりにして自由の喪失と回復の可能性を解明している。つぎに『ヴュルテンベルクの最近の内情』（一七九八年）で故郷ヴュルテンベルクの国家体制をめぐる論争にかかわっていく。そしてカント『人倫の形而上学』（一七九七年）の注釈書に取り掛かるが、ここで重要なのは『ドイツ国家体制の批判』（一七九九―一八〇二年）である。ヘーゲルはドイツ帝国の崩壊と再建の可能性を主題として国家統一の問題に取り組んでいく。

ヘーゲルはスイスの法律家カール（Jean Jacques Cart, 1748-1813）の政治パンフレットをフランス語からドイツ語に翻訳している。翻訳書を出版したのは原作者カールのようにヴァート地方をべルン共和国から解放するためではなかった。むしろ、民衆の精神に基づかないときには自由と正義が失われることを示すためであり、どのようにすれば自由と正義を取り戻すことができるのかを問うためであった。ヘーゲルは翻訳に添えた序文で、自由と正義の喪失を運命とみなして警告を与えている。

スイスのベルンからドイツのフランクフルトに移ったヘーゲルは、祖国ヴュルテンベルクの国家体制をめぐる論争に参加して、シュヴァーベン共和国を打ち立てようとする。ヘーゲルは『ヴュルテンベルクの最近の内情』でシュヴァーベン地方の革新勢力を支持している。議会制度によって近代的な国家体制を整えているように見えたが、しかし議員は民衆によってではなく参事会で選ばれていたから特権階層を代表しているにすぎなかった。そこでヘーゲルは専制君主のみならず官僚組織にも批判の矛先を向けて、君主の専横から市民の自由を守るために、宮廷から独立した団体に選挙権を与えるよう要求する。民衆は政治秩序を暴力によって転覆する革命を望んでいたが、ヘーゲルは暴力による革命ではなく改革によって国家の統一と民衆の自由の実現を思い描いていた。

そしてヘーゲルは、カント『人倫の形而上学』(一七九七年)の注釈書ともいうべき『カント注釈』(一七九八年)で、国家と教会の関係に真正面から言及していく。「国家と教会は互いに邪魔してはならないし、互いに関与してはならない」。近代における啓蒙主義の思想は、国家の権力と宗教上の信仰との分離を要求していたが、当時の国家は政策上も教会に支持される必要はまったくなかった。

ヘーゲルもそのころ、国家と教会の分離を主張してはいたが、都市国家ポリスを理想とした古代の国家像と近代国家の姿をまだ区別してはいなかった。近代ドイツの思想家ヘルダー（Johann Gottfried Herder, 1744-1803）の影響のもと神話を通して宗教が民衆に浸透していく古代ギリシャを模範とし、ヘルダリーンの影響も受けて古代ギリシャのポリスを目標としている。

しかし『ドイツ国家体制の批判』になってはじめて、ヘーゲルは複数の宗教からなる近代の国家体制を受け入れる。近代国家は近代社会を支える私的所有の原理に基づいているから、国家の課題はもっぱら所有権を市民に保証することにあった。国家が市民の所有権を保証するのであれば、国家と教会の分離が示すのは、個人の所有を権利として認める国家の法律と、個人を教団へと帰属させ結束させようとする教会の倫理との乖離となって現れてくる。

ヘーゲルは政教分離を、たんに宗教上の寛容を支える多様性としてではなく、人間の生を分断するものとして見ていた。国家の権力は法に規制された領域に制限される一方で、教会の権威は生きた精神を無限なものとする領域へと譲り渡され、両者は厳密に区別されることになる。

こうした状況下で、ヘーゲルはヘルダリーンからフランス革命戦争中のフランスとドイツ諸侯との会議について報告を受け、政治論文の執筆に取り掛かる。ドイツの国家体制がもつ具体的な問題を分析し、どのようにしてドイツは再び統一国家になりうるのかと問うためである。

ドイツはフランスとの戦いに敗れて小国家群へと引き裂かれた。ヘーゲルの理解によれば、敗戦の原因はひとえにドイツの自由にあった。自由が国民を国家から引き裂き、国民一人ひとりに個人の利益を保証していたからである。法律は経済的な欲望から生まれ、法の基盤を私的所有の権利が形作っていた。ドイツの国家とはいくつもの部分国家が集まったものにすぎず、国家の中枢をなす主権さえも失われていたというのが、ヘーゲルの理解であった。だからこそヘーゲルは国家の中心に政治権力を据えるように要求する。国家に必要なのは宗教改革ではなく政治改革である。

第四節　政治への欲求――『ドイツ国家体制の批判』

カトリックとプロテスタントの宗教戦争であった三十年戦争（一六一八―四八年）は、ヨーロッパで覇権を確立しようとするハプスブルク家と、それを阻止しようとする勢力との国際戦争となった。戦争の結果、勢力均衡を原則とする国際秩序が形成されたにもかかわらず、ドイツには三〇〇もの領邦国家が生まれ分立する状態が確定した。十八世紀の終わりには分断していたドイツ諸国を一つの国民国家へ統合しようとする気運が高まってきたものの、近代市民社会の形成が遅れていたドイツでは、まずもって前近代的な宗教的権威からの解放が形をとって現れてくる。

ヘーゲルはこのとき「自由」を原理にしてドイツ国家を再建するため、オーストリア皇室を模範にした中央集権制度を導入し、封建的な帝国議会を改革して身分制に基づく代議制度を導入すべきだと考えた。これが、ヨーロッパに国民国家を誕生させることになるヘーゲルの近代国家論である。分断していたドイツ諸国を一つの国民国家へ統合するために、ヘーゲルは一七九九年から『ドイツ国家体制の批判』の執筆に取り掛かり、このなかでも国家についての考え方がしだいに変わってくる。

フランス革命への否定的な評価としても表れてくるこの変化は、対仏同盟戦争とラシュタット会議への失望によるものが大きい。ヘルダリーンから会議の成果を聞いて、戦争の衝撃と戦後処理のもたらした結果、ドイツ国家の小国家群への分散がヘーゲルを政治論文の再考へと駆り立てるにいたった。ヘーゲルは政治論文のなかで、ドイツ国家を崩壊へともたらした原因を挙げている。宗教の分裂によって国家の統一を支えてきた基盤が失われ、国家を内面から支えることはできなくなった。しかしそうかといってドイツは外側からの力によっても統一を保つことはできない。部分が全体から離れていくことを防ぐような強制力がなかったからである。国家は個々の部分を束ねる力を失い崩壊したのだと、ヘーゲルはドイツの現状を冷静に分析している。

宗教は個人を集団へと結びつけて、国家を形成するための不可欠なきずなだった。国家の構成要素を根底から結びつけることに宗教の機能と役割はあったといえる。しかしだからといってヘーゲルは国家権力を宗教に従属させようとしていたわけではない。ましてや宗教が一つであることを国家再統一のための必要条件として要求したわけでもない。国家が存続するために教会はもはや必要なかったからである。国家の安定は宗教のような内面の力によっては保持されないし、国家は教会とはかかわりなく統一を保つことができるものと考えられていた。むしろ、国家の存立は他の国家との外的な対立関係によって規定されていたから、外国からの独立を保持することができるかぎりで、国家が内部でどのように構成されているのかは重要ではなかった。

分裂した国家を政治的に統一するためには、他国の支配からの解放と独立のみが問題となってくる。国家が独立しているとは、他国から国家として承認されていることであり、他国の承認が国家存立の必要条件なのである。こうして近代の国家は宗教や文化や言語によって支えられた民族の連帯感を捨て去る。かつての国家は古代国家のような共同体の実現をみずからの課題とすることができたが、近代では宗教によって内側から個人を国家へと媒介することはもはやできない。むしろ外側からの強制によってのみ両者を関係づけることができる。

歴史的に見ると、宗教は国家のような政治的な秩序を支える中心点であった。宗教がさまざまな階層を引き締める最初の結び目となっていたからである。宗教はもともと政治機能をも統合していたのだが、宗教の分裂にともなってその役割を終えてしまった。宗教の分裂が国家のあり方にもたらした結果について、ヘーゲルはつぎのように述べている。「国家を引き裂いて国家の分裂を決定的にしたのは、宗教の分裂だった」。

宗教の分裂は人間の結びつきを引き裂いただけではなく、国家のなかに入っていき国家への結束を断ち切ってしまった。宗教は国家を解放する代わりに新たな亀裂を国家のうちにもたらし、国家を破壊してしまったのである。「宗教は分裂することで、国家から引き離されるどころか、国家のなかに分裂を持ち込み、国家を破壊することになった」。国家は宗教の分裂にもかかわらず教会を国家から引き離して国家を維持しようとしたが、国家の分裂を食い止めることはできなかった。宗教の分裂が国家の存立に深いところで結びついていたからである。

国家の存立がもっとも深いところで宗教を基盤としていたとき、宗教の違いは国家のあり方にも深くかかわってくる。こうした状況では国家は教会から自立できるはずはないが、しかしその準備はすでになされていた。宗教の分裂が国家を引き裂いたからこそ、国家の存立を守るために、ヘーゲルは国家が宗教から独立していることを要求する。宗教の分裂が国家の統一を損なうとすれば、国家の統一を維持するためには宗教を国家から引き離して、宗教に代わって国家の統一を保証する方法を探す以外にはない。

分裂した宗教が国家に介入すると、政治権力が「二つの宗教」に分かれて、そのいずれかに属する。カトリックとプロテスタントのいずれかである。宗教の分裂が国家のなかに分断を持ち込んできたから、領邦国家がどちらの宗派に属するのかは、国家全体のあり方にもかかわってくる。では、国家の統一を破棄して分断を持ち込んだものは何だろうか。ヘーゲルの理解によれば、プロテスタントという二つめの宗教である。

ヘーゲルは宗教改革の意義を、教会の権威によってではなく神の言葉である精神によって神と人間が一つになることと考えて、「精神の自由」を確立したものとして高く評価していた。カトリックが精神の隷属をもたらしたのに対して、プロテスタントは教会と民衆との力関係を覆した。宗教改革は信仰と世俗の関係をひっくり返したが、しかしそのことによって両者の和解も失われ対立のみが残ることになった。そこでヘーゲルは、カトリックとプロテスタントの対立を超えたところに「新しい宗教」の可能性を探る。

国家のうちに複数の宗教を認めることは、国家の権力が教会から独立していることを前提している。このことはまた、国家が宗教の違いを超えて中立的な機関として機能しうることを要求する。宗教の政治への介入を防ぐために、宗教それ自身を国家権力から遠ざける必要が生じるのである。こうしてヘーゲルは、宗教の分離が国家を引き裂くことがないように要求する。「国家が一つであるためには、宗教と政治が分離していなければならない」。

宗教が一つであることをヘーゲルはもはや国家統一のための必要条件とはみなさない。かつては言語や習俗のように国民を結びつける支柱であった宗教も、今では国家の存立にとっては偶然なものにすぎない。宗教は国家の統一にとって「どうでもよいもの」になってしまった。国家の統一は多様な宗教のもとでも可能であるから、ヘーゲルは宗教と国家とのかつてのような統一を求めることはない。宗教が多様な社会を集約するための中心点となることはもはやできないし、国家の統一にとって宗教が一つでなければならないという前提もなくなる。宗教が同一であることは、国家にはなくてもよいことなのである。宗教の分裂は国家の統一にとって本質的な問題ではない。

ヘーゲルはここからさらに、国家と宗教の分離は国家が存立するための前提条件である、という結論を引き出す。国家が独立した権力であるならば、もはや宗教への関与を要求する必要はない。宗教の違いが国家を引き裂くことがないように、宗教の一致が国民を国家につなぎ留めるわけでもないからである。国家の権力が最高の支配力であって純粋に国家の権限なのである。国家の権力は、宗教の分裂からは完全に独立し、安定を保つことができなければならない。ヘーゲルはこう断言する。「国家は教会を必要としない」。

宗教の権威と国家の権限は同じ次元にはなく、国家はすでに教会から離れている。ヘーゲルは宗教のような「どうでもよいもの」を、国家を構成するために必要な要素から排除する。問われるべきは、宗教の分裂ではないし宗派の相違でもない。問題はむしろ国家と教会との分離である。

ヘーゲルの問題関心は当時の政治的な状況から逸れることはない。宗教の分裂を通じて「政治の権力」と「市民の権利」が区別され、国家のもつ普遍的な権力から個人のもつ私的な利益が区別されるようになった。市民階級は個人のもつ私的な権利を勝ち取るための理由として宗教を利用するにいたった。これが「信教の自由」である。普遍的なものとしての国家と個々の市民に自由な選択の余地を残す宗教という区別が生じた。

ここからヘーゲルは国家の再建に向かっていく。国家の再統一は、宗教による結束が崩れてはじめて考えられたのであり、国家の崩壊が頂点に達したときに国家は新たな結びつきを求めるようになった。国家分断の惨状は、求心力となる新たな中心点を形成することへ向かい、新しい国家を建設する基礎を作り出すことへと向かっていく。

国家という組織は全体を形成するものであり、すべての個人を支える実体的な統一でなければならない。市場経済に支配された市民社会とは違って、個人の欲求をかなえるための手段であってはならず、国家はそれ自身が目的なのである。ヘーゲルの考えのなかでは、全体への欲求は論理の内在的な発展から生まれてきたのではなく、当時の政治的な状況から実現されるべき目標として設定されている。

部分が全体との連関を失って統合されていないならば、全体は分解してしまい国家としては存続しない。こうした文脈ではじめて『ドイツ国家体制の批判』の有名な一文は理解される。「ドイツはもはや国家ではない」。全体は個々の部分に対していかなる威力ももたない。したがって国家という普遍的な権力も個人に対しては無きに等しい。ドイツ国家には中心が欠けており、個人を全体へとつなぎ留める吸引力がない。国家は個々の権力の寄せ集めにすぎず、部分は全体から逃れ去ってしまっている。ドイツでは個別的なものを全体へと結びつけることもできなかったし、国家の権威は個々の部分を支配する威力を失い、衰退して小国家群へと解体していった。

しかし、ヘーゲルが見るところ、国家は崩壊しただけではなかった。新しい中心を定めて「新しい国家」を組み立てることに向かっていた。国家の全体が完全に崩れてしまったからこそ、ドイツという部分国家は別の結合に再建の可能性を求めざるをえなかったのである。

ヘーゲルはこのとき、国家を再建するためにはオーストリアのように身分制に基づく代議制度によって集権化を進めるべきだと考えた。伝統的な身分制議会がまだ維持されていたから、オーストリアをモデルとしてドイツ国家の再建を計るのである。部分国家を一つの国家としてまとめ上げるためには、宗教のような内的なきずなではなく「外的な権限によるきずな」が必要なのであり、このきずなが近代国家を新しい国家として特徴づける代議制度なのであった。

代議制度とは個々のものを国家という普遍的なものに関与させる原理であり、歴史的に見れば、近代社会の分業システムから生まれてきたものである。構成員の意見を反映させる代表という原理は第三身分である市民階級から生じてきたのであり、近代的な国家が広がっていくにつれて、さまざまな階層を代表することのほうが原理的に求められるようになった。

ヘーゲルの理解によれば、古代ゲルマン民族にとっては個人の自由と自由な結合とは等しく、自由なものの結びつきから共同体が発生した。そして、身分制度と地方の自治権が確立したのちに代議制度が誕生した。さらにゲルマン民族はヨーロッパのなかで拡大していき、近代国家を形成していくことになる。個人の自由をめぐるこうした考えは、古代ローマの歴史家タキトゥス(Cornelius Tacitus, 55-120)の『ゲルマニア』(九八年)から近代フランスの思想家モンテスキュー(Charles-Louis de Montesquieu, 1689-1755)の『法の精神』(一七四八年)へ、そして近代ドイツの哲学者ヘーゲルの『ドイツ国家体制の批判』(一七九九—一八〇三年)へと受け継がれていく。

身分制度が確立したのちに市民階級が台頭し、代議制度という新しいシステムが登場してくる。個々のものはその身分を代表するものを通じて権力の全体を握るものと結びつく。頂点においては、民衆は君主と結びついて統一へともたらされる。ヘーゲルによれば、ヨーロッパの近代国家における代議制度は、世界史のなかでは、東洋の専制主義、古代ギリシャ・ローマの民主主義に続く、第三の政治形態となる。

政治制度として見ると、代議制度は専制政治と民主政治を媒介する中間に位置する。ヘーゲルはここではじめて世界史を三つの段階に分けて描き出している。世界の歴史は、まずは「東洋の専制政治」から出発し、つぎに「世界を支配する共和制」へ、つまりローマ共和国の覇権へと移っていき、そして共和国の衰亡ののちに「第三の普遍的な形態」であるゲルマン民族によるヨーロッパ近代国家の建設へと進んでいく。

政治体制としてみると、近代国家では一方で君主が権力を掌握して国家を代表し、他方では諸侯と団体が議会を形成して君主と国民を媒介する。これは議会制度に支えられた立憲君主制である。立憲君主制とは、国家の権力が議会の承認を経て君主という中心点へと組織される国家体制を意味しているから、君主と議会の両方に主権が認められる。

立憲君主制の課題は、代議制度を媒介にして国家の統治権を確立することである。身分制に基づく国家権力は二つの原理によっているから、君主のみならず議会も国家の統一を具現する必要がある。議会は皇帝の支配する帝国と並んで諸身分を代表するから、近代国家では国家の統一と身分制による代議制度とがバランスよく並置される。しかしそのためには代議員が民衆に属しており、民衆全体の利益を代表しなければならない。両者が関係を保持するために、代議制度は民衆の参加を必要としている。

代議制度という近代のシステムは、国家を再統一するための前提条件となる。国家の統一こそがヘーゲルにとって最重要課題であるから、政治組織の近代化を無視するわけにはいかない。『ドイツ国家体制の批判』の主題は、いかにしてドイツ国家を再編成することができるのかであった。このためにヘーゲルは、国家統一のための宗教の役割を検討することから出発し、そこから国家体制の具体的な問題へと転じて、代議制度を通じて帝国と領邦を媒介する必要があるという結論に行き着いた。これがヘーゲルの国家論である。

第五節　哲学への欲求——学問の体系から人間の生へ

宗教と政治について論文を書いていたヘーゲルは、いわゆる『一八〇〇年の体系断片』のなかで体系の観点から生の概念を取りまとめて説明している。生の概念は、全体のなかの一つの部分であると同時にそれ自身で全体そのものを指していて、全体と部分が有機的に結びついた組織として把握される。そこからヘーゲルは、生を有限なものとして受け取る哲学に対して、生を無限なものへと高める宗教を対置し、両者を引き離す。哲学の課題は、知性的な思考が有限なものであることを示して、無限なものを思考の外に置くことにある。

思考の内にある哲学とその外にある宗教を分けたうえで、ヘーゲルは、宗教を基礎にして体系を構築する試みを放棄して、その代わりに哲学を基盤にして体系のもつ有機的な構造を分析することへと移っていく。『一八〇〇年の体系断片』はヘーゲルの体系的な試みをひとまず締めくくるが、しかしそれは同時に来るべき時代の体系構想をすでにうちに含んでいる。この断片は、政治的・社会的矛盾を解消しようとする実践的な意図から、哲学によって生の統一を形而上学的に構築することへの歩みを物語っている。

一八〇〇年十一月二日、フランクフルトで家庭教師をしていたヘーゲルは、すでにイエーナで大学教授となっていたシェリングに手紙を送っている。手紙の文面により、ヘーゲルの関心が宗教と政治から学問へと方向転換したことがわかる。ヘーゲルはシェリングに対し、みずからの人間形成が「低次の欲求」から出発して学問に向かい、同時に、「青年時代の理想」が思考の形式を経て学問の体系へと変わり、そして今では「人間の生」へ帰っていく道を探している、と伝えている。

ヘーゲルはここで、直接的に「人間の生」に向かう欲求を「低次の欲求」と呼んでいる。「青年時代の理想」とも言い換えられるこの欲求は、一つは宗教的な欲求であり、もう一つは政治的な欲求であった。詳しく見ると、宗教的な欲求とは、信仰と知識の対立を克服し神と人間を結びつけるものであり、政治的な欲求とは、分散した国家を結集してドイツを統一するものであった。

宗教と政治にかかわる欲求は、「人間の生」を統一ある全体として取り戻そうとしていた。「民族の精神、歴史、宗教、政治的自由の度合いは互いに影響し合い、またそれらの性質からも切り離しては考えられない。それらは一つの紐帯に絡み合っている」。「民族の精神を形成するものは、一方では民族宗教にかかわり、他方では政治情勢にかかわる」。民族精神が発展するには、宗教的な意味でも政治的な意味でも、人間の生きた結びつきを必要としている。ヘーゲルはこれら二つの欲求を結びつけて、「生のあらゆる欲求、国家の公的な事業は民族宗教に結びつけられなければならない」と述べている。

一八〇一年一月、ヘーゲルはヘルダリーンに紹介してもらった家庭教師の職を辞してフランクフルトを離れ、すでに大学教授となっていたシェリングを頼ってイエーナへ向かう。ヘーゲルの関心が宗教や政治などの実践的な問題から哲学体系の構築へと向きを変えるとき、生の哲学に体系を性格づける新たな概念が登場する。それは「学問」である。学問とは体系へと組織された知識の全体を意味しており、「学問の体系」が当時の大学における授業科目の通例であった。

ヘーゲルはここで「思考の形式」についても語っている。学問が知性的な思考や反省にとどまれば、つねに分離と対立がつきまとう。しかし体系化への試みは、制限を乗り越えて統一を打ち立てようと、思考や判断がもたらす分裂を学問体系のうちへと吸収していく。分離と対立を引き起こす思考の役割は体系を構成する必要な機能へと変更され、体系の内部へと引き込まれる。分割して考えるという知性的な反省思考にとどまるのではなく、哲学そのものが存在するものの全体を完全に認識する総合的な能力へと組み替えられ、体系のうちへと取り込まれていく。宗教と政治の緊張関係は学問体系の内部にある問題として受け継がれていくのである。

学問という新たな形式が問題にされたとき、宗教と政治への探究は、たとえ人間の生に直接かかわるとしても、そのままではいられない。現実の世界にある対立を解消しようとする欲求も学問に統合されなくてはならず、現存する矛盾は学問のなかで解決されて体系の一部分として位置づけられる。

ヘーゲルは学問の体系を「思考の形式」と関連づけているが、これは、有限なものと無限なものを対立させ、有限なもの相互を対立させる「知性の思考」ではない。そうではなくて、むしろ対立関係を解消して両者を互いに結合する「理性の思考」を意味している。反省的な思考はつねに概念によって形成されるが、概念はたんなる抽象ではなく知性の思考に必ず伴う対立をうちに含んでいる。

学問に関心をもち始めたヘーゲルは、『フィヒテとシェリングの哲学体系の差異』（一八〇一年）で、「思考」の概念を二つに分けて説明している。一つは分離に基づく「知性の思考」であり、もう一つは分離を解消して統合をもたらす「理性の思考」である。理性の思考を「哲学の思考」として積極的に受け入れて、イエーナ大学での最初の講義『哲学入門』（一八〇一／〇二年）でも、対立のうちにとどまる「劣悪な思考」と、対立を乗り越えていく「完全な思考」を対比している。「劣悪な思考は対立することで限定されているが、完全な思考は対立を克服している」。

ヘーゲルは自分のなかで対立を解消する思考を「絶対的な認識」とまで呼んでいる。「絶対的な認識は対立へと分かれていくが、対立を完全に取り消すような思考である」。イエーナ大学での同年の講義『論理学と形而上学』（一八〇一／〇二年）でも、分離しながらも統一する思考は「理性の努力」へと還元される。「思考は限定することでいつも対立する二つのものを立て再び総合しようとする。このように思考は理性の努力を表している」。

思考の形式を通して統一を回復しようとするとき、人間形成の過程で最後に登場してくるものが学問への欲求である。学問への欲求が登場したとき、「低次の欲求」から学問の体系へ向かう往路と、学問の体系から「人間の生」へ向かう復路を分離することはもはやできない。学問の体系はたえず人間の生と絡み合っているからである。学問体系への欲求は、政治の欲求と宗教の欲求から生まれ、両者を統一する高次の欲求となる。

一八〇二年から一八〇三年にかけてヘーゲルは『自然法論文』と『人倫の体系』で改めて宗教と政治の欲求を取り上げ、両者を関連づけて学問の体系を組織する。学問の体系と人間の生は絡み合い、低次の欲求から出発し思考の形式を経て哲学体系の構築へと向かっていく。学問としての哲学体系の構築は、ヘーゲルがイエーナへ移っていく一八〇一年のことである。

一八〇一年冬学期、晴れてイエーナ大学の講師となったヘーゲルは、当時の大学の慣例に従って、講義と演習を通じて哲学体系の構築に専念していく。まずは理論哲学としての論理学と実践哲学としての自然法を講義するが、この際、学問の体系を構築するために、理論哲学と実践哲学の統一、論理学と自然法の統一を目標として掲げる。これによって宗教の欲求も政治の欲求も哲学がその課題を引き受けるのである。ヘーゲルは最初の講義で「哲学は生きることとどうかかわるのか」との問いを立てる。そしてその問いに対してきっぱりと、「哲学の真の欲求は、哲学によって、哲学を通して、生きることを学ぶことである」と答えている。

ヘーゲルが『哲学批判雑誌』（一八〇二年）の序論で、人間の生の静かな変化と政治や宗教の声高な革命は外見の色合いが異なっているにすぎないと語るとき、政治の欲求と宗教の欲求は「哲学の欲求」のなかに回収されている。哲学とは、人間の生から切り離された理論ではなく、人間の生の最高の欲求として生の分裂を融和へともたらす実践の最高の形式なのである。

【原典資料】

ヘーゲルとヘルダリーンの原典資料はつぎのものを使用し、既存の翻訳を適宜参照した。

- Georg Wilhelm Friedrich Hegel, *Gesammelte Werke*, hrsg. von der Rheinisch-Westfälischen Akademie der Wissenschaften, Hamburg: Meiner, 1968-.
- Friedrich Hölderlin, *Sämtliche Werke. Große Stuttgarter Ausgabe*, hrsg. von Friedrich Beißner und Adolf Beck, Stuttgart: Kohlhammer, 1943-1985.
- ヘーゲル『初期ヘーゲル哲学の軌跡――断片・講義・書評』寄川条路編訳、ナカニシヤ出版、二〇〇六年。

【参考資料】

ヘーゲルとヘルダリーンの参考資料はつぎのものを使用し、先行研究の成果を参照した。

・Joji Yorikawa, *Hegels Weg zum System. Die Entwicklung der Philosophie Hegels 1797-1803*, Frankfurt: Lang, 1996.
・Joji Yorikawa, *Das System der Philosophie und das Nichts. Studien zu Hegel, Schelling und Heidegger*, Freiburg: Alber, 2005.
・オットー・ペゲラー編『ヘーゲル講義録研究』寄川条路監訳、法政大学出版局、二〇一五年。
・寄川条路『構築と解体――ドイツ観念論の研究』晃洋書房、二〇〇三年。
・寄川条路『ヘーゲル『精神現象学』を読む』世界思想社、二〇〇四年。
・寄川条路『ヘーゲル哲学入門』ナカニシヤ出版、二〇〇九年。
・寄川条路『新版 体系への道――初期ヘーゲル研究』創土社、二〇一〇年。
・寄川条路『ヘーゲル――人と思想』晃洋書房、二〇一八年。
・寄川条路編『ヘーゲル講義録入門』法政大学出版局、二〇一六年。
・寄川条路編『ヘーゲルと現代思想』晃洋書房、二〇一七年。
・寄川条路編『ヘーゲルと現代社会』晃洋書房、二〇一八年。

*あとがき

安倍晋三元首相の銃撃事件をきっかけにして、自民党と統一教会の関係が注目されるようになった。両者のあいだには密接な関係があったようだが、特定の団体に限らず、政治と宗教の関係を考えるにはよい機会だと思う。政治と宗教はどのようにかかわるべきなのか、あるいはかかわるべきではないのか。昨今の議論は錯綜しているように見えるので、問題点を整理しておこう。二つの次元で問題を考えることができる。一つは政治と宗教の外的な関係であり、もう一つは宗教の内的信念と外的行為の関係である。

前者は政教一致または政教分離の問題にかかわり、政治は外面の問題であって宗教は内面の問題であるから、両者は分けて考えるべきだという態度である。後者は宗教を内面と外面の二つに分けて、教義や信仰は内心の問題であるから立ち入るべきではないが、布教や献金は外的な活動なのであるから、社会問題として扱うことができるとする態度である。

宗教上の信念にかかわる内面的な要素と、行為にかかわる外面的な要素を切り離して考えることができるとしても、外的な行為が内的な信念から生じるとき、内面の自由は認めながらも外的な行為は認めないという判断が可能なのか。あるいは、外的な行為が認められないとすれば、それに応じて内面の自由も制限されるべきなのか。この点は立ち位置によって判断が分かれてくるように思う。

たとえば、社会的に問題のある団体と関係をもつことは、たとえ違法ではなかったとしても良くないことである、とはいえるだろう。法令を遵守していたとしても、道徳的な誠実さが欠けている場合には、社会的な評価を下げることにもなるだろう。法律の問題は、それだけでは十分ではなく、道徳や倫理によって補われる。

では、政治と宗教の関係を教育と宗教の関係に置き換えてみよう。そうするとどうなるだろうか。宗教団体が法人化して私立学校を設置し運営する場合に、学校では信教の自由はどのように、そしてどこまで保障されるのだろうか。

統一教会は韓国で生まれたキリスト教の新宗教であるが、米国の長老教会に由来する明治学院は、キリスト教主義を掲げるプロテスタント系の私立学校である。教員に対しキリスト教組織への隷属を求める明治学院は、学校の方針に従わない教員を容赦なく排除してきた。これは、私立学校が建学の精神を守っている、といえるのだろうか。それとも、特定の宗教を強要することで個々人のもつ信教の自由を侵害している、といえるのだろうか。

明治学院は統一教会を「社会的に問題のある宗教団体」とみなしているが、むしろ明治学院こそが社会的に問題のある宗教団体なのではないだろうか。次号では、授業で使っていた教科書が

＊あとがき

キリスト教に反するという理由で教員を解雇していた、キリスト教学校の宗教問題を取り上げたい。

二〇二二年十月

寄川　条路

●著者紹介

小磯　仁（こいそ・まさし）［第一章］

一九三八年生。慶應義塾大学文学部卒業、同大学院修士課程修了。ドイツ研究振興協会（DFG＝Deutsche Forschungsgemeinschaft）共同研究員、ヴュルツブルク大学専任講師、山梨大学教授を歴任。現在、山梨大学名誉教授・詩人。専門はドイツ文学。著書に『ヘルダリーン――人と思想』（清水書院、新装版、二〇一六年）、『リルケ――人と思想』（共著、清水書院、新装版、二〇一六年）、『ヘルダリーン　愛の肖像――ディオーティマ書簡』（岩波書店、二〇〇四年）、『近代ドイツ抒情詩の展開』（共著、同学社、一九八六年）など。訳書にベーダ・アレマン『詩的なる精神――ヘルダリーン』（国文社、一九九四年）、ベーダ・アレマン『ヘルダリーンとハイデガー』（国文社、一九八〇年）など。詩集に『海の太鼓――小磯仁詩集』（みやび出版、二〇一四年）など。

寄川条路（よりかわ・じょうじ）［まえがき、第二章、あとがき］

一九六一年生。早稲田大学文学部卒業、ボーフム大学大学院博士課程修了、哲学博士。愛知大学教授、明治学院大学教授などを歴任。専門は思想文化論。日本倫理学会和辻賞、日本随筆家協会賞などを受賞。著書に『哲学の本棚――書評集成』（晃洋書房、二〇二〇年）、『教養としての思想文化』（晃洋書房、二〇一九年）など。編著に『学問の自由と自由の危機――日本学術会議問題と大学問題』（社会評論社、二〇二二年）、『実録・明治学院大学〈授業盗聴〉事件――盗聴される授業、検閲される教科書』（社会評論社、二〇二一年）、『表現の自由と学問の自由――

―日本学術会議問題の背景』（社会評論社、二〇二一年）、『大学の自治と学問の自由』（晃洋書房、二〇二〇年）、『大学の危機と学問の自由』（法律文化社、二〇一九年）、『大学における〈学問・教育・表現の自由〉を問う』（法律文化社、二〇一八年）など。

ヘルダリーンとヘーゲル
学問の自由と自由の思想

2022年11月15日　初版第1刷発行

著　者——小磯仁、寄川条路
発行人——松田健二
発行所——株式会社 社会評論社
東京都文京区本郷 2-3-10
電話：03-3814-3861　Fax：03-3818-2808
http://www.shahyo.com
装幀・組版—— Luna エディット .LLC
印刷・製本——株式会社 プリントパック

表現の自由と学問の自由——日本学術会議問題の背景

寄川条路／編

一一〇〇円（税込）A5判一二八頁

序　章　「学問の自由」は成り立つか？　末木文美士
第一章　「表現の自由」「学問の自由」がいま侵される　島崎　隆
第二章　明治学院大学事件への意見書　山田省三
第三章　大学はパワハラ・アカハラの巣窟　不破　茂
第四章　学問・教育の自由をめぐって——大学教員の研究・教育を阻害する雑務　榎本文雄
第五章　日本学術会議の軍事的安全保障研究に関する声明と報告について　稲　正樹
第六章　学問の自由と民主主義のための現象学　渡辺恒夫
終　章　未来に開かれた表現の自由——志田陽子『「表現の自由」の明日へ』を読む　寄川条路

実録・明治学院大学〈授業盗聴〉事件——盗聴される授業、検閲される教科書

寄川条路／編

一一〇〇円（税込）A5判一四四頁

序　章　明治学院大学〈授業盗聴〉事件とは
第一章　授業の盗聴と教科書の検閲——教授側の主張
第二章　組織を守るための秘密録音——大学側の主張
第三章　無断録音を謝罪して和解へ——裁判所の判断
第四章　教員解雇事件と職員解雇事件——二つの明治学院大学事件
第五章　「学問の自由」の侵害——新聞報道から
第六章　明治学院大学の「犯罪」——論説記事から
第七章　大学の危機と人権侵害——学術書籍から
終　章　紛争終結ではなく真相究明を——裁判経験から

学問の自由と自由の危機——日本学術会議問題と大学問題

寄川条路／編

一一〇〇円（税込）A5判一一二頁

第一章　戦前日本の学術体制と日本学術会議の誕生——「学問の自由」の現代的意義に関わって　細井克彦
第二章　「学問の自由」の論じ方——日本学術会議会員任命拒否問題を契機として　鈴木眞澄
第三章　日本学術会議の会員任命の拒否問題についての法的考察　清野　惇
第四章　筑波大学における学問の自由と自由の危機　平山朝治
第五章　明治学院大学における学問の自由と自由の危機　寄川条路